STS

ㅠㅠ=撐傘擁抱，相偎成雙，看畫面就懂！

3秒韓語心動Get！
圖解 40音

比追劇還過癮！
閱讀韓文歌詞輕鬆Get！

諧音、手寫、戀愛

金龍範、林賢敬 ◎合著

山田社

臨摹字帖
比死背快10倍肌記

ㅃ：Kiss聲音
自然聯想發
ㅎ：害羞
笑聲

隨看隨聽

山田社

前言

全新版！比韓劇更上頭的韓語 40 音學習法！
40 音偶像劇！ㅠ＝撐傘擁抱，看畫面就懂！
用「ㅃ＝Kiss 聲」「ㅎ＝害羞笑聲」自然聯想發音！
補習班不會告訴你的「故事記憶術」學習法，
讓你一邊笑一邊學，連韓星都驚呼：「這太簡單了吧？」

這本「韓語 40 音追劇攻略」讓你學到欲罷不能！

- 朋友邊看「40 音戀愛綜藝」邊會發音？書中暗藏（Netflix 式劇情分鏡），把抽象符號變成超有戲的角色！
- 翻開一頁＝追完一集！每個發音搭配（韓國專業老師錄製＋字帖範本），30 秒搞定聽、說、寫！
- 掃 QR 碼聽日籍教師示範發音：你的『ㅎ』發音夠『害羞』嗎？

韓語超好學，只要 40 音就能開口說！

韓語 40 音是「抽象符號」？3 招魔法讓它們變身你的追劇清單：
① 狗血劇情＋Netflix 式分鏡：母音是「父母」、子音是「雙胞女兒」，字形藏在劇情裡。
② 故事旁白＋中文諧音：每段中文諧音旁白都像韓劇台詞，看一遍就能脫口而出。
③ 豐富習字帖：字母、單字、會話，一筆一畫寫進腦海裡，記憶牢不可破。

每天通勤時看 1 張插圖＋讀 1 段劇情，輕鬆攻克 3 個發音！

用這 4 大技巧無痛學會 40 音，比補習班快 100 倍的秘密：大腦永遠記得故事，卻記不住課本！

★ 雙重夾擊：「圖像＋故事」打開記憶新視野！
- 還沒看過 40 音主演的狗血泡沫劇？精心撰寫的中文諧音旁白，帶你進入 40 音的愛情故事。每張插圖都能找到 40 音的字型，趣味性爆表，讓你一頁接一頁停不下來！

★ 聯想發音秘訣：中文諧音破解法，看過劇情就記住！
- 還在死背硬記？故事旁白暗藏 40 音的中文諧音，輕鬆啟動聯想發音，用故事情節掌握 40 音，效果超顯著！

★ 嚴選高頻詞語：從韓劇學韓文，最常用詞語一網打盡！
- 精挑韓劇裡必出現的日常韓語，學完再看韓劇，進步神速！單字、短會話一次掌握，現學現用，讓人驚豔不已！

★ 習字烙印：研究證實，手寫記憶，效果深刻！
- 鍵盤俠當久了成 3C 文盲？手寫帶來的肌肉記憶效果無可取代。40 音、單字、會話練習帖，讓你越寫越上手，越寫越記得牢！

如果學 40 音讓你痛不欲生，就換這本書吧！

集結 4 大記憶秘方，每天只需 5 分鐘，見效快，樂趣滿分。初學韓文也能輕鬆上手，享受學習的成就感！快來挑戰自己吧！

目錄

- ★ 本書使用說明 4
- ★ 韓語文字及發音 7
- ★ 韓語發音對照表 8
- ★ 輕圖解！韓語 40 音練習帖 13

一、母音
- ㅏ 14
- ㅑ 16
- ㅓ 18
- ㅕ 20
- ㅗ 22
- ㅛ 24
- ㅜ 26
- ㅠ 28
- ㅡ 30
- ㅣ 32

二、複合母音
- ㅐ 34
- ㅒ 36
- ㅔ 38
- ㅖ 40
- ㅘ 42
- ㅙ 44
- ㅚ 46
- ㅝ 48
- ㅞ 50
- ㅟ 52
- ㅢ 54

二、子音（平音）
- ㄱ 56
- ㄴ 58
- ㄷ 60
- ㄹ 62
- ㅁ 64
- ㅂ 66
- ㅅ 68
- ㅇ 70
- ㅈ 72
- ㅎ 74

三、子音（送氣音）
- ㅊ 76
- ㅋ 78
- ㅌ 80
- ㅍ 82

四、其他子音（硬音）
- ㄲ 84
- ㄸ 86
- ㅃ 88
- ㅆ 90
- ㅉ 92

- ★ 反切表 94
- ★ 收尾音（終音）跟發音的變化 95
- ★ 附錄：生活必備單字 101

本書使用說明

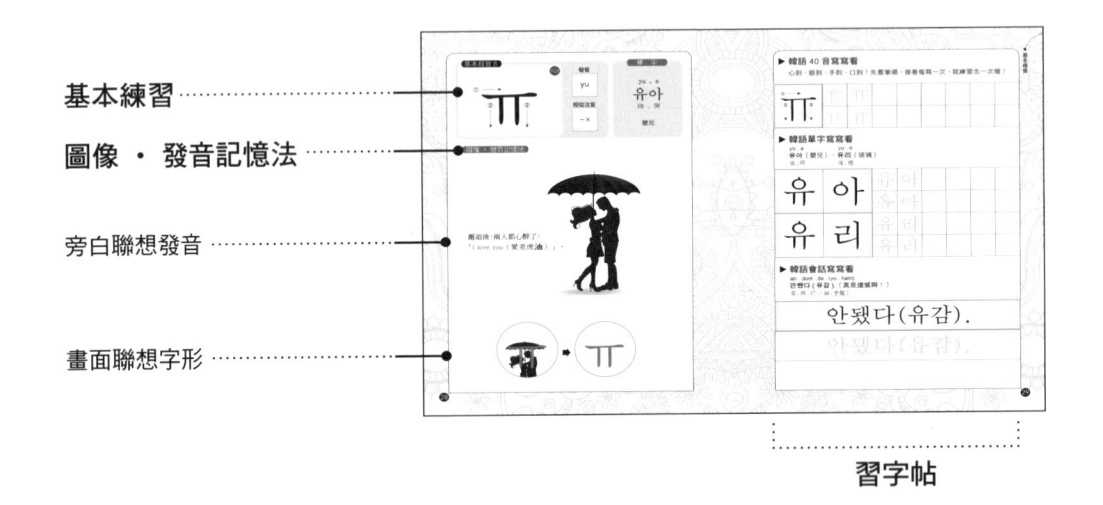

基本練習 ....

圖像・發音記憶法 ....

旁白聯想發音 ....

畫面聯想字形 ....

習字帖

基本練習 第一步：先認識筆順；
　　　　　　第二步：練習發音，先聽一次老師的發音，並用羅馬拼音輔助，跟著念一次，接著搭配相似音，加深記憶；
　　　　　　第三步：學習將「音」延伸出常用的「單字」，加強練習。

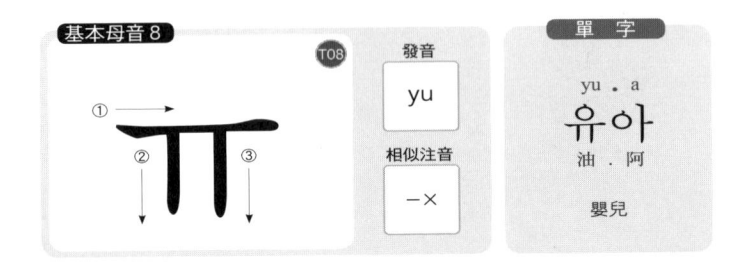

圖像發音記憶法 聽我們說「愛情故事」，並從「男女互動」中發現韓語 40 音，只要圖像與文字對照一下，就能感受浪漫，輕鬆記住 40 音。

【旁白聯想發音】

ㅠ

yu

邂逅後，兩人都心醉了：
「I love you（愛老虎油）」。

【畫面聯想字形】

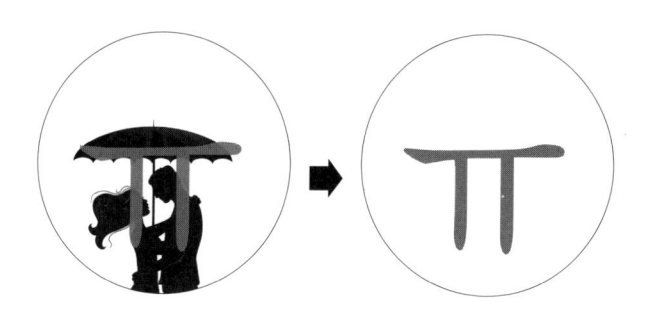

ㅠ ➡ ㅠ

練習寫寫看 經過「音」與「形」的基本與延伸學習，40音一定變得很熟悉了！接著動動筆，「40音、單字、會話習字帖」邊念邊練習寫，讓40音變得更熟練，不僅能說出道地韓語，也能寫一手好字。

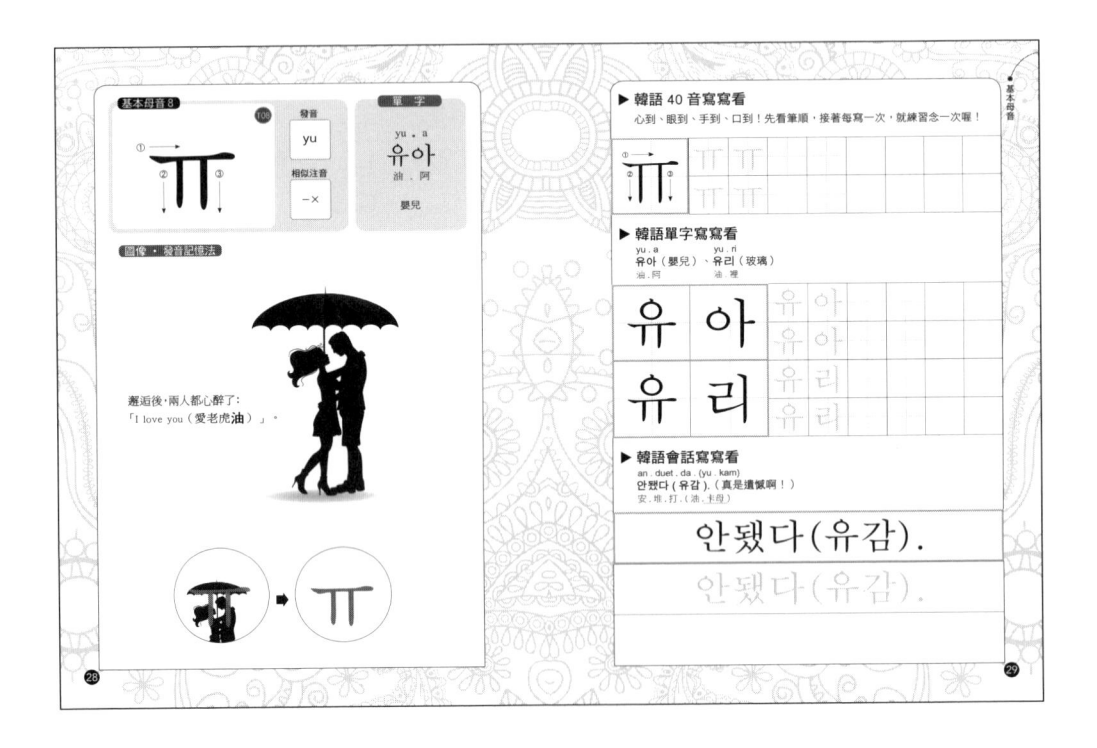

基本母音 8

①→
②↓ ③↓
ㅠ

發音
yu
相似注音
ㄧㄨ

單字
yu．a
유아
油．阿
嬰兒

圖像・發音記憶法

邂逅後，兩人都心醉了：
「I love you（愛老虎油）」。

▶ 韓語 40 音寫看
心到、眼到、手到、口到！先看筆順，接著每寫一次，就練習念一次喔！

ㅠ | ㅠ | ㅠ

▶ 韓語單字寫看
yu．a   yu．ri
유아（嬰兒）、유리（玻璃）
油．阿   油．裡

유 아
유 리

▶ 韓語會話寫看
an．duet．da．(yu．kam)
안됐다（유감）.（真是遺憾啊！）
安．堆．打．(油．卡母)

안됐다(유감).
안됐다(유감).

韓語文字及發音

　　看起來有方方正正，有圈圈的韓語文字，據說那是創字時，從雕花的窗子，得到靈感的。圈圈代表太陽（天），橫線代表地，直線是人，這可是根據中國天地人思想，也就是宇宙自然法則的喔！

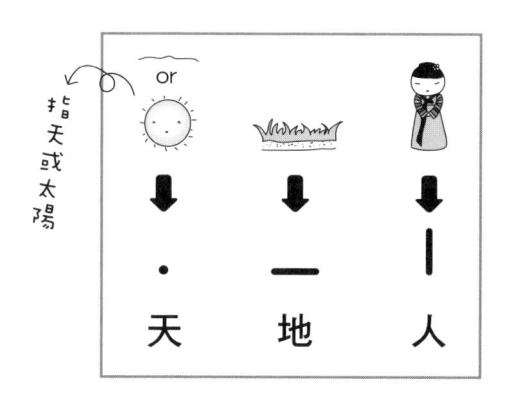

　　另外，韓文字的子音跟母音，在創字的時候，是模仿發音的嘴形，很多發音可以跟我們的注音相對照，而且也是用拼音的。

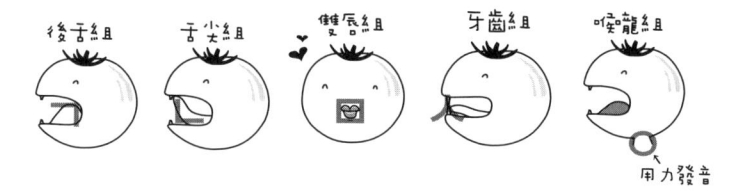

　　韓文有 70% 是漢字詞，那是從中國引進的。發音也是模仿了中國古時候的發音。因此，只要學會韓語 40 音，知道漢字詞的造詞規律，很快就能學會 70% 的單字。

韓語發音對照表

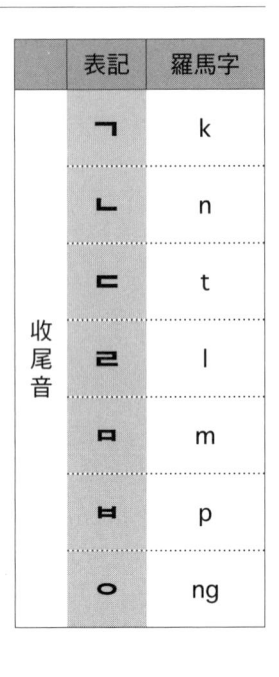

	表記	羅馬字
基本母音	ㅏ	a
	ㅑ	ya
	ㅓ	eo
	ㅕ	yeo
	ㅗ	o
	ㅛ	yo
	ㅜ	u
	ㅠ	yu
	ㅡ	eu
	ㅣ	i
複合母音	ㅐ	ae
	ㅒ	yae
	ㅔ	e
	ㅖ	ye
	ㅘ	wa
	ㅙ	wae
	ㅚ	oe
	ㅝ	wo
	ㅞ	we
	ㅟ	wi
	ㅢ	ui

	表記	羅馬字
基本子音	ㄱ	k/g
	ㄴ	n
	ㄷ	t/d
	ㄹ	r/l
	ㅁ	m
	ㅂ	p/b
	ㅅ	s
	ㅇ	不發音/ng
	ㅈ	ch/j
	ㅎ	h
送氣音 ★	ㅊ	ch
	ㅋ	k
	ㅌ	t
	ㅍ	p
硬音 ☆	ㄲ	kk
	ㄸ	tt
	ㅃ	pp
	ㅆ	ss
	ㅉ	cch

	表記	羅馬字
收尾音	ㄱ	k
	ㄴ	n
	ㄷ	t
	ㄹ	l
	ㅁ	m
	ㅂ	p
	ㅇ	ng

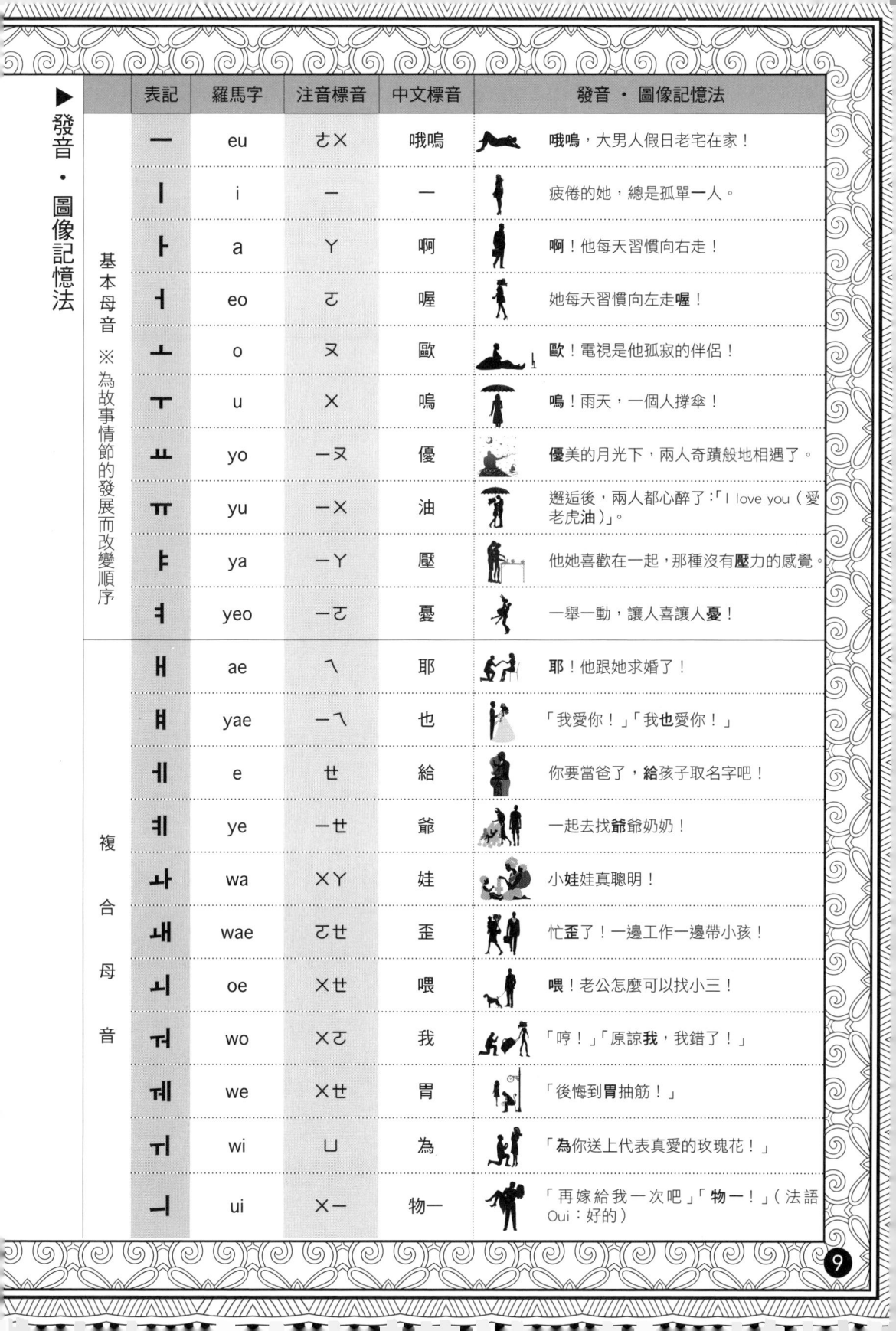

▶ 發音・圖像記憶法

基本母音
※為故事情節的發展而改變順序

表記	羅馬字	注音標音	中文標音	發音・圖像記憶法
ㅡ	eu	ㄜㄨ	哦嗚	哦嗚，大男人假日老宅在家！
ㅣ	i	ㄧ	一	疲倦的她，總是孤單一人。
ㅏ	a	ㄚ	啊	啊！他每天習慣向右走！
ㅓ	eo	ㄛ	喔	她每天習慣向左走喔！
ㅗ	o	ㄡ	歐	歐！電視是他孤寂的伴侶！
ㅜ	u	ㄨ	嗚	嗚！雨天，一個人撐傘！
ㅛ	yo	ㄧㄡ	優	優美的月光下，兩人奇蹟般地相遇了。
ㅠ	yu	ㄧㄨ	油	邂逅後，兩人都心醉了：「I love you（愛老虎油）」。
ㅑ	ya	ㄧㄚ	壓	他她喜歡在一起，那種沒有壓力的感覺。
ㅕ	yeo	ㄧㄛ	憂	一舉一動，讓人喜讓人憂！

複合母音

表記	羅馬字	注音標音	中文標音	發音・圖像記憶法
ㅐ	ae	ㄟ	耶	耶！他跟她求婚了！
ㅒ	yae	ㄧㄟ	也	「我愛你！」「我也愛你！」
ㅔ	e	ㄝ	給	你要當爸了，給孩子取名字吧！
ㅖ	ye	ㄧㄝ	爺	一起去找爺爺奶奶！
ㅘ	wa	ㄨㄚ	娃	小娃娃真聰明！
ㅙ	wae	ㄛㄝ	歪	忙歪了！一邊工作一邊帶小孩！
ㅚ	oe	ㄨㄝ	喂	喂！老公怎麼可以找小三！
ㅝ	wo	ㄨㄛ	我	「哼！」「原諒我，我錯了！」
ㅞ	we	ㄨㄝ	胃	「後悔到胃抽筋！」
ㅟ	wi	ㄩ	為	「為你送上代表真愛的玫瑰花！」
ㅢ	ui	ㄨㄧ	物一	「再嫁給我一次吧」「物一！」（法語 Oui：好的）

	表記	羅馬字	注音標音	中文標音	發音・圖像記憶法
基本子音	ㄱ	k/g	ㄎ/ㄍ	課/個	精緻可人的大女兒,是**個**髮型模特兒!
	ㄴ	n	ㄋ	呢	女神級身材,會不會太吸睛了**呢**?
	ㄷ	t/d	ㄊ/ㄉ	得	女神接班人,**得**寵程度可見一斑!
	ㄹ	r/l	ㄦ/ㄌ	勒	大女兒,加**勒**比海拍廣告。
	ㅁ	m	ㄇ	母	辛苦拍外景時,最想念阿爸阿**母**!
	ㅂ	p/b	ㄆ/ㄅ	波/伯	也接拍綠野香**波**洗髮精廣告!
	ㅅ	s	ㄙ	絲	拍片時各種情緒,都能傳達得**絲**絲入扣!
	ㅇ	不發音/ng	不發音/ㄥ	o/嗯	**嗯**!髮型超炫,眾人的焦點!
	ㅈ	ch/j	ㄑ/ㄗ	己/姿	**姿**色撩人,綻放無限魅力!
	ㅎ	h	ㄏ	喝	害羞一笑**呵**!頭頂就冒蒸氣!
送氣音★	ㅊ	ch	ㄑ/ㄑ	此	雙胞胎小女兒呢?**此**人熱情好動。
	ㅋ	k	ㄎ	可	甜美**可**人,一天到晚喜歡往外跑。
	ㅌ	t	ㄊ	特	她好奇心強,又**特**別調皮。
	ㅍ	p	ㄆ	潑	總是敢活**潑**大膽的秀自己。
硬音☆	ㄲ	kk	ㄍˋ	各	雙胞胎一樣的相貌,**各**自的性情卻不相同。
	ㄸ	tt	ㄉˋ	得	兩人總能玩**得**笑聲不斷。
	ㅃ	pp	ㄅˋ	伯	兩人飛吻**啵**!~甜得叔姨笑咪咪。
	ㅆ	ss	ㄙˋ	四	兩人靚麗的外表,總能吸引**四**周人的眼光。
	ㅉ	cch	ㄗˋ	自	兩人都相當有**自**己的想法。

▶收尾音

表記	羅馬字	注音標音	中文標音
ㄱ	k	ㄍ	學（台語）的尾音
ㄴ	n	ㄣ	安（台語）的尾音
ㄷ	t	ㄊ	日（台語）的尾音
ㄹ	l	ㄖ	兒（台語）
ㅁ	m	ㄇ	甘（台語）的尾音
ㅂ	p	ㄆ	葉（台語）的尾音
ㅇ	ng	ㄥ	爽（台語）的尾音

★ 送氣音就是用強烈氣息發出的音。

☆ 硬音就是要讓喉嚨緊張，加重聲音，用力唸。這裡用「、」表示。

★ 本表之注音及中文標音，僅提供方便記憶韓語發音，實際發音是有差別的。

韓文的組成

韓文是怎麼組成的呢？韓文是由母音跟子音所組成的。排列方法是由上到下，由左到右。大分有下列六種：

1 子音＋母音 ⟶ | 子 |
                | 母 |

2 子音＋母音 ⟶ | 子 | 母 |

3 子音＋母音＋母音 ⟶ | 子 | 母 |
                      | 母 |

4 子音＋母音＋子音（收尾音）⟶ | 子 |
                                | 母 |
                                | 子（收尾音）|

5 子音＋母音＋子音（收尾音）⟶ | 子 | 母 |
                                | 子（收尾音）|

6 子音＋母音＋母音＋子音（收尾音）⟶ | 子 | 母 |
                                      | 母 |
                                      | 子（收尾音）|

輕圖解！
韓語 40 音練習帖

基本母音1	發音	單　字
① → 一　T01	eu	eu．eung ㅇ　응 哦嗚．嗯 嗯～（反問或肯定時的表現）
	相似注音	
	ㄜㄨ	

圖像．發音記憶法

哦嗚，大男人假日老宅在家！

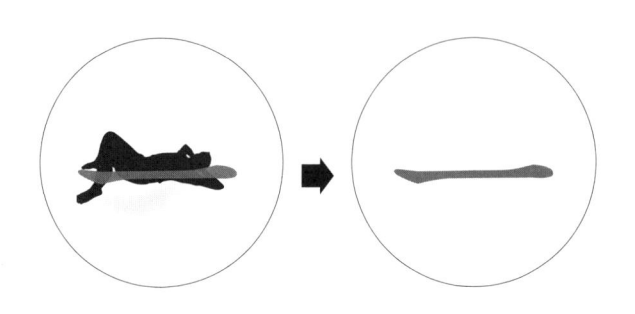

14

▶ 韓語 40 音寫寫看

心到、眼到、手到、口到！先看筆順，接著每寫一次，就練習念一次喔！

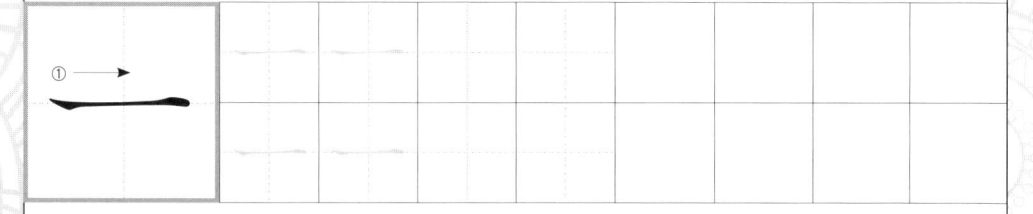

▶ 韓語單字寫寫看

eu.eung
으응（嗯～）
哦嗚.嗯

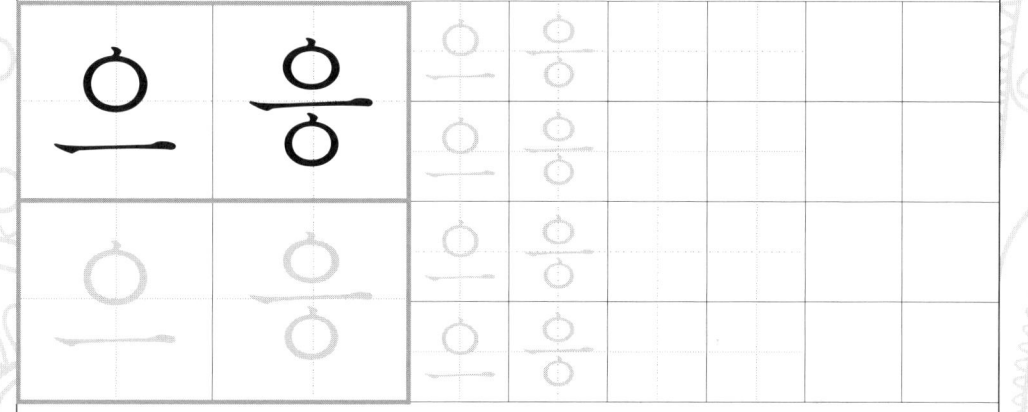

▶ 韓語會話寫寫看

se.he.bok.ma.ni.ba.deu.se.yo
새해 복 많이 받으세요.（新年快樂！）
賽.黑.伯.罵.你.爬得.惡.塞.優

새해 복 많이 받으세요.

基本母音 2

ㅣ ①↓

T02

發音
i

相似注音
ㄧ

單 字

i．yu
이유
ㄧ．由

理由

圖像・發音記憶法

疲倦的她，總是孤單「ㄧ」人。

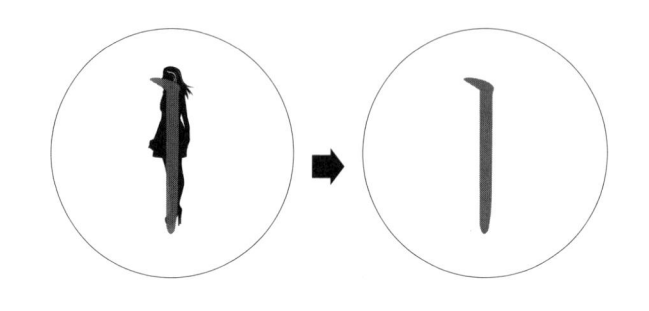

▶ 韓語 40 音寫寫看

心到、眼到、手到、口到！先看筆順，接著每寫一次，就練習念一次喔！

이

▶ 韓語單字寫寫看

i．yu　　　　si．pi
이유（理由）、십이（十二）
一．由　　　細．比

이 유

십 이

▶ 韓語會話寫寫看

a．i．go
아이고．（我的天啊！）
阿．衣．姑

아이고．

아이고．

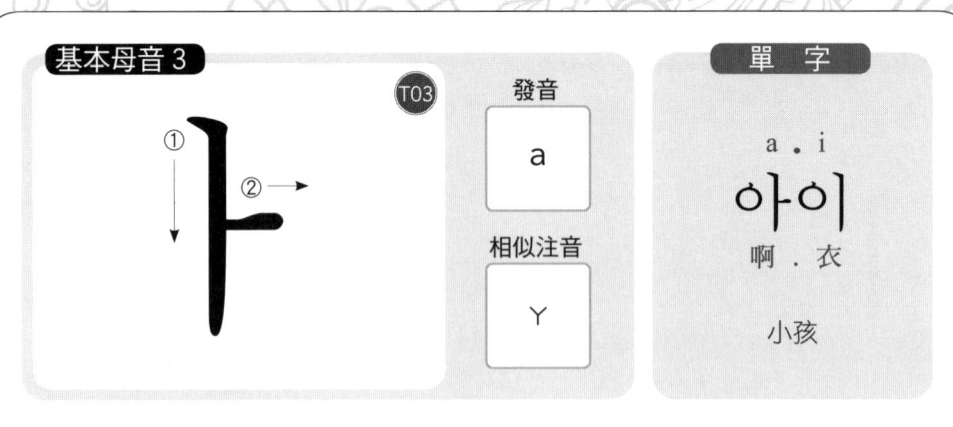

基本母音 3	發音	單 字
① ↓ ㅏ ② →	a	a.i 아이 啊.衣
	相似注音 Y	小孩

圖像‧發音記憶法

啊！他每天習慣向右走！

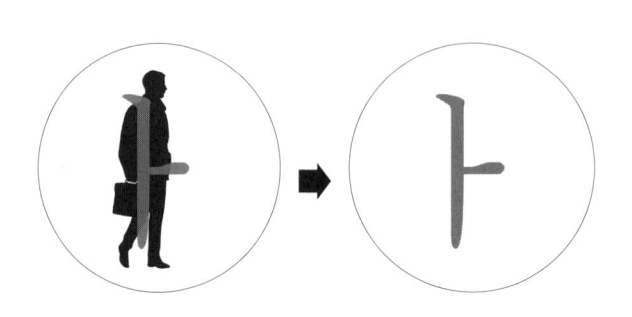

基本母音

▶ 韓語 40 音寫寫看

心到、眼到、手到、口到！先看筆順，接著每寫一次，就練習念一次喔！

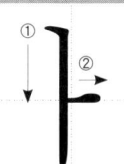

ㅏ

▶ 韓語單字寫寫看

　　a.i　　　　　a.u
아이（小孩）、아우（弟弟）
　啊.衣　　　　阿.屋

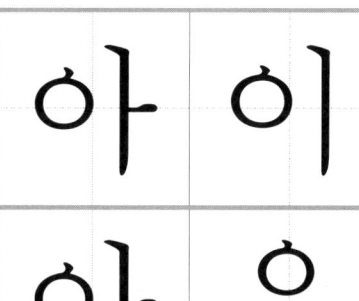

아이

아우

▶ 韓語會話寫寫看

　a.ni.ya
아니야.（不對，不是。）
　阿.尼.呀

아니야.

아니야.

基本母音 4	發音	單 字
ㅓ ①→ ②↓ T04	eo	eo．i 어이 喔．衣
	相似注音 ㄛ	喂！（呼叫朋友或比自己小的人用）

圖像・發音記憶法

她每天習慣向左走**喔**！

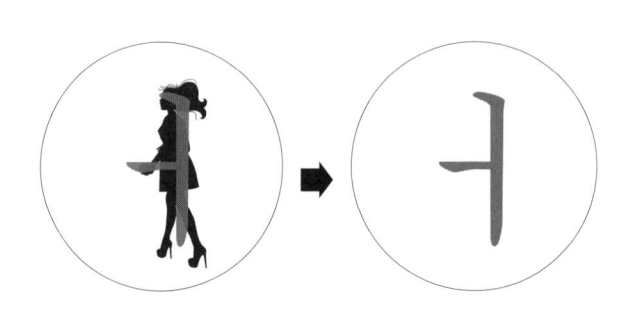

▶ 韓語 40 音寫寫看

心到、眼到、手到、口到！先看筆順，接著每寫一次，就練習念一次喔！

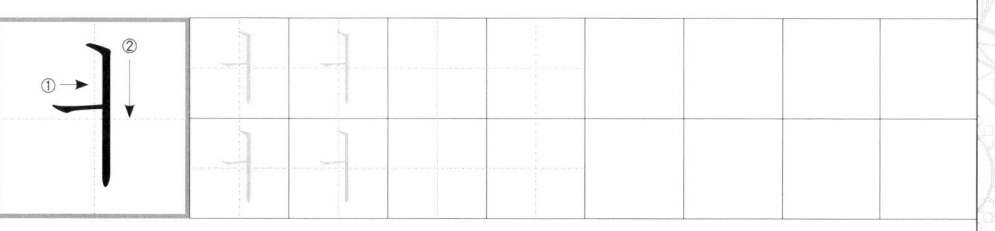

ㅓ

▶ 韓語單字寫寫看

eo.i
어이（喂！〈呼叫朋友或比自己小的人用〉）、
喔.衣

i.eo
이어（持續）
衣.哦

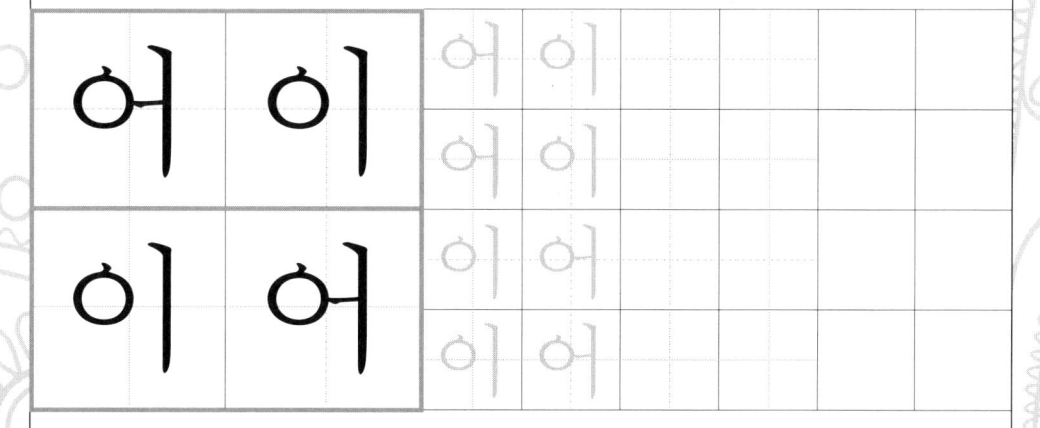

어 이

이 어

▶ 韓語會話寫寫看

i.sseo.yo
있어요.（有。）
己.搜.有

있어요.

있어요.

基本母音 5

T05

ㅗ

① ↓
② →

發音

o

相似注音

ㄡ

單 字

o . neul

오늘

歐 . 內

今天

圖像・發音記憶法

歐！電視是他孤寂的伴侶！

基本母音

▶ 韓語 40 音寫寫看
心到、眼到、手到、口到！先看筆順，接著每寫一次，就練習念一次喔！

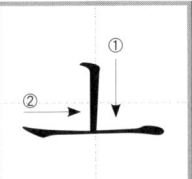

ㅗ

▶ 韓語單字寫寫看
o.neul　　　o.i
오늘（今天）、오이（小黃瓜）
歐.內　　　歐.衣

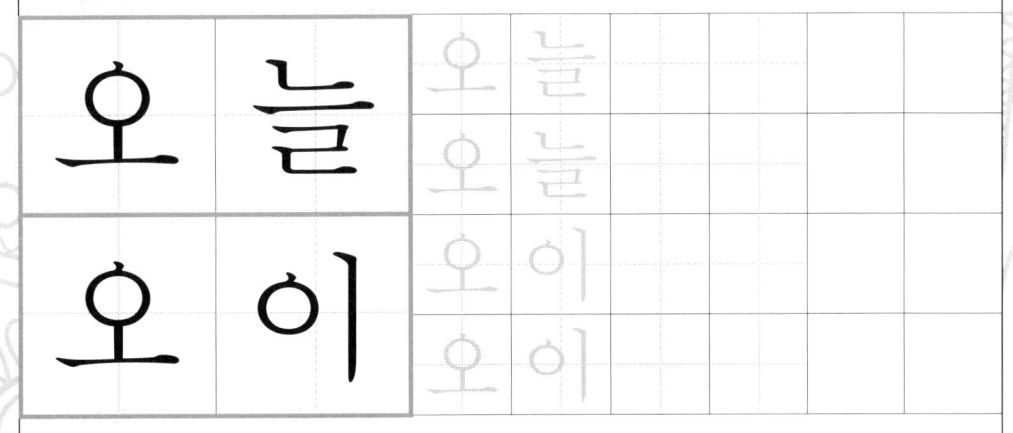

오 늘

오 이

▶ 韓語會話寫寫看
ddo.o.se.yo
또 오세요.（請您再度光臨。）
都.歐.塞.油

또 오세요.

또 오세요.

23

基本母音 6

T06

① →
ㅜ
② ↓

發音
u

相似注音
×

單字

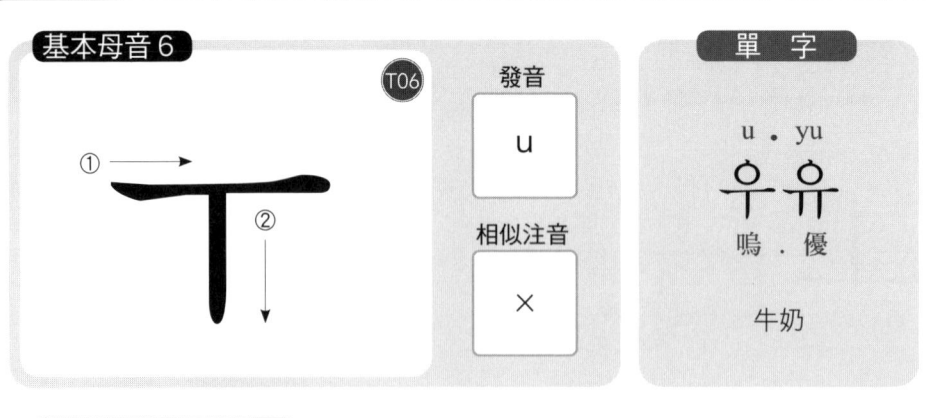

u．yu
우 유
嗚．優

牛奶

圖像・發音記憶法

嗚！雨天，一個人撐傘！

基本母音

▶ 韓語 40 音寫寫看
心到、眼到、手到、口到！先看筆順，接著每寫一次，就練習念一次喔！

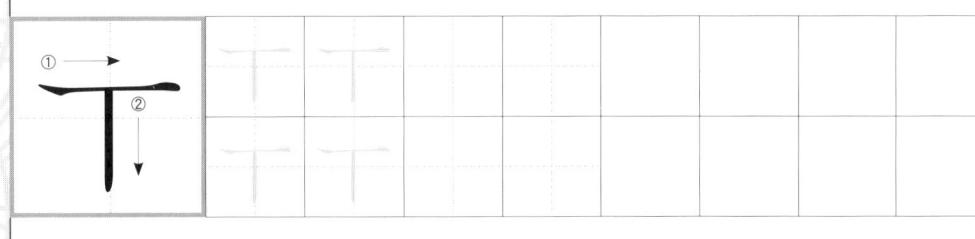

ㅜ

▶ 韓語單字寫寫看
u.yu　　　　u.san
우유（牛奶）、우산（雨傘）
嗚.優　　　屋.傘

우 유

우 산

▶ 韓語會話寫寫看
u.ri.man.nan.cheo.gin.na.yo
우리 만난 적 있나요.（我們以前見過面嗎？）
屋.里.滿.難.秋.引.娜.喲

우리 만난 적 있나요.

基本母音 7

T07

ㅛ
① ② ③

發音
yo

相似注音
ーヌ

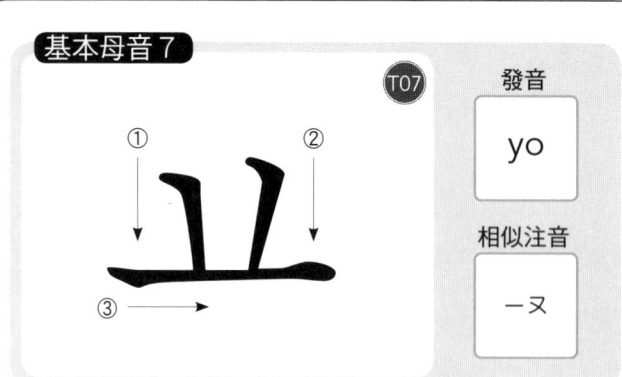

單 字

wo . ryo . il
월요일
我兒 . 優 . 憶兒

星期一

圖像・發音記憶法

優美的月光下，兩人奇蹟般地相遇了。

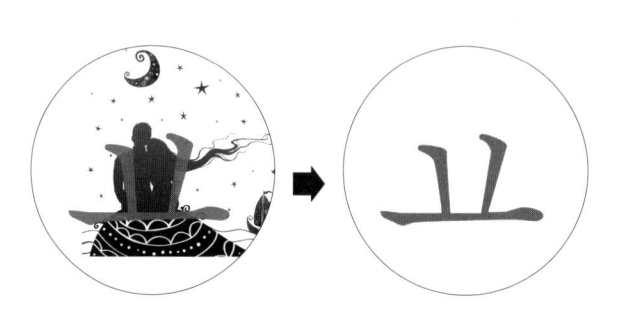

ㅛ

▶ 韓語 40 音寫寫看

心到、眼到、手到、口到！先看筆順，接著每寫一次，就練習念一次喔！

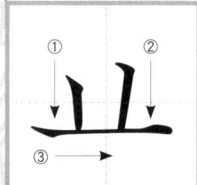

요

▶ 韓語單字寫寫看

wo．ryo．il　　　　yo
월요일（星期一）、요（墊被）
我兒．優．憶兒　　　優

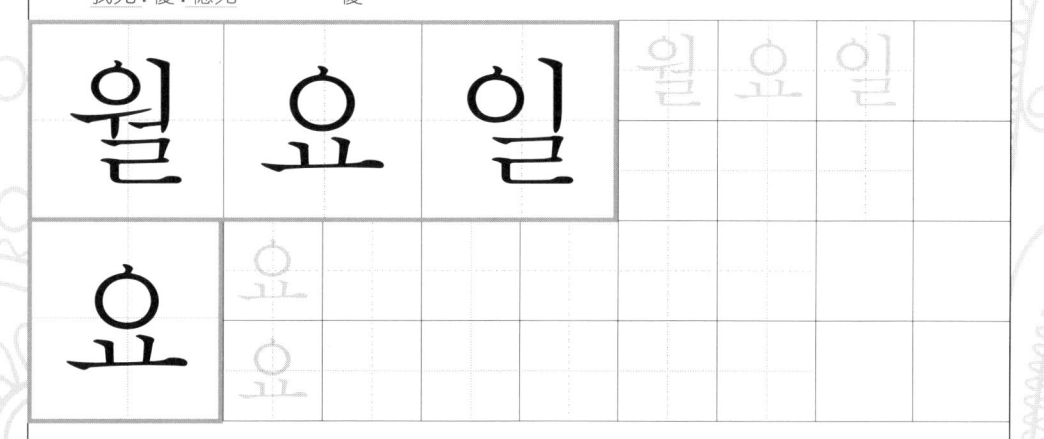

월요일

요

▶ 韓語會話寫寫看

a．ra．seo．(yo)
알았어(요).（知道了。）
阿．拉．受．(優)

알았어(요).

알았어(요).

基本母音 8

T08

ㅠ

① →
② ↓ ③ ↓

發音
yu

相似注音
ㅡㅠ

單 字

yu．a
유아
油．阿

嬰兒

圖像・發音記憶法

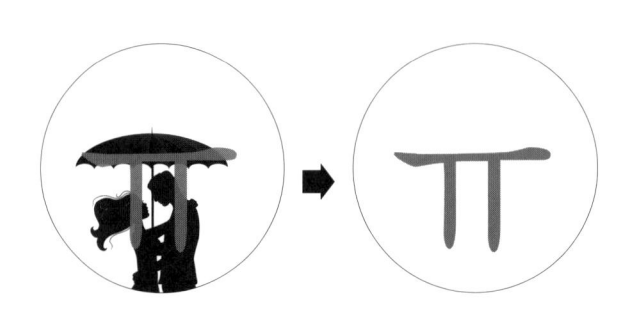

邂逅後，兩人都心醉了：
「I love you（愛老虎**油**）」。

▶ 韓語 40 音寫寫看

心到、眼到、手到、口到！先看筆順，接著每寫一次，就練習念一次喔！

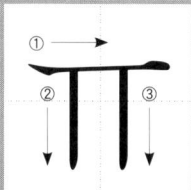

ㅠ

▶ 韓語單字寫寫看

yu.a　　　yu.ri
유아（嬰兒）、유리（玻璃）
油.阿　　　油.裡

유 아

유 리

▶ 韓語會話寫寫看

an.duet.da.(yu.kam)
안됐다(유감).（真是遺憾啊！）
安.堆.打.（油.卡母）

안됐다(유감).

基本母音 9

T09

① ↓
② →
③ →

ㅑ

發音
ya

相似注音
ー丫

單 字

sim．ya
심야
心．壓

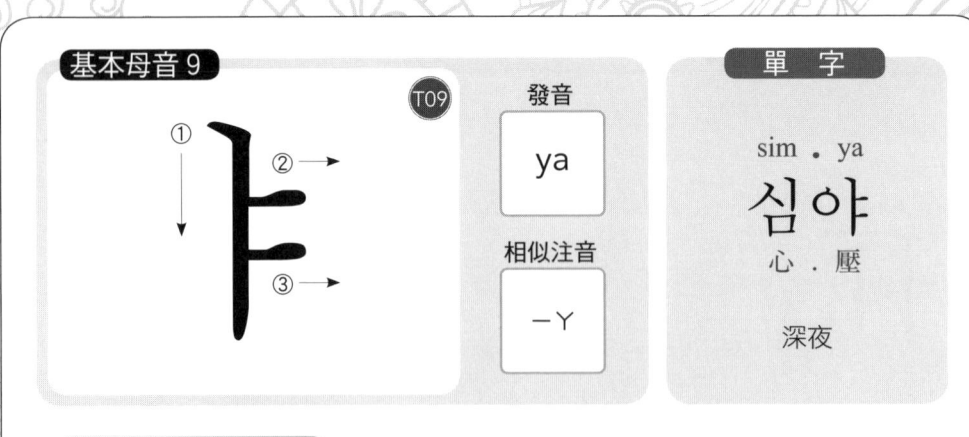

深夜

圖像・發音記憶法

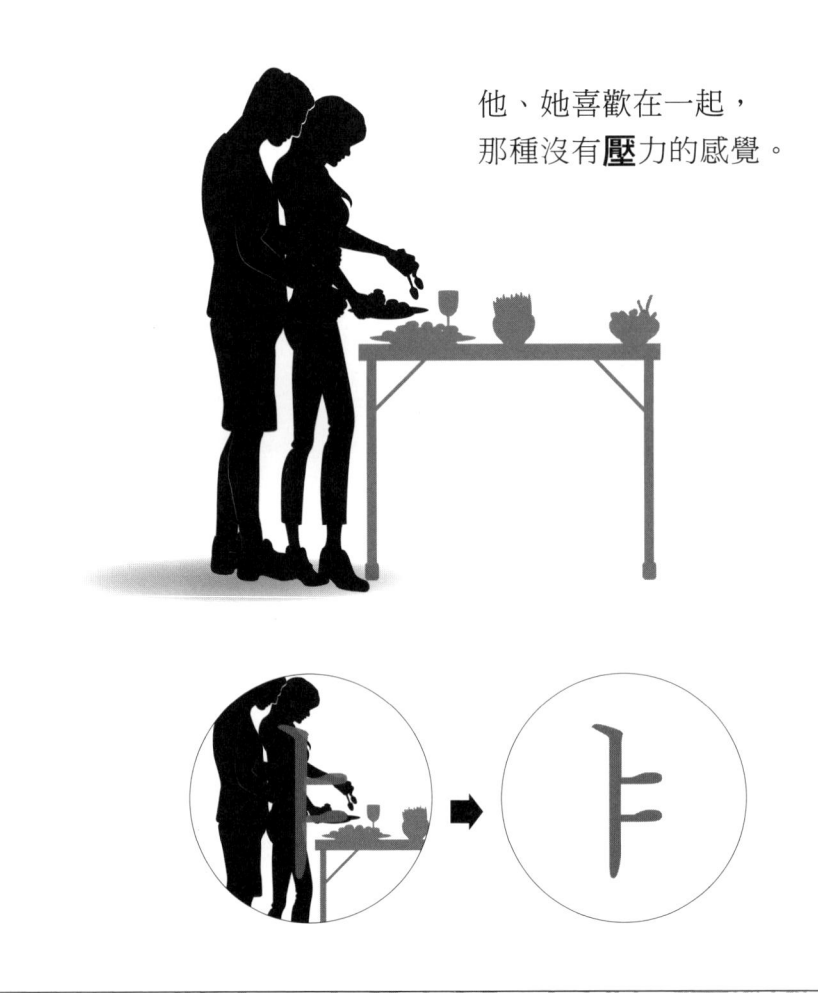

他、她喜歡在一起，
那種沒有**壓**力的感覺。

ㅑ

▶ 韓語 40 音寫寫看

心到、眼到、手到、口到！先看筆順，接著每寫一次，就練習念一次喔！

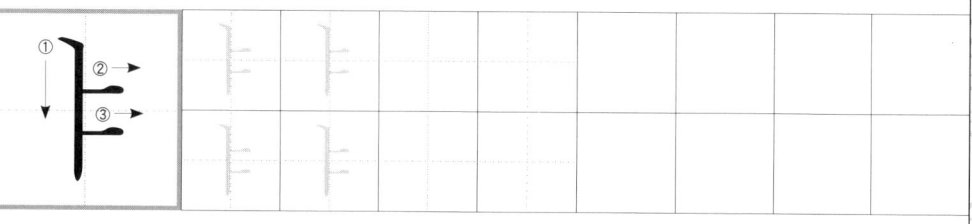

야

▶ 韓語單字寫寫看

sim . ya　　　　a . ya
심야（深夜）、아야（啊唷〈疼痛時喊痛的表現〉）
心.壓　　　　　阿.鴨

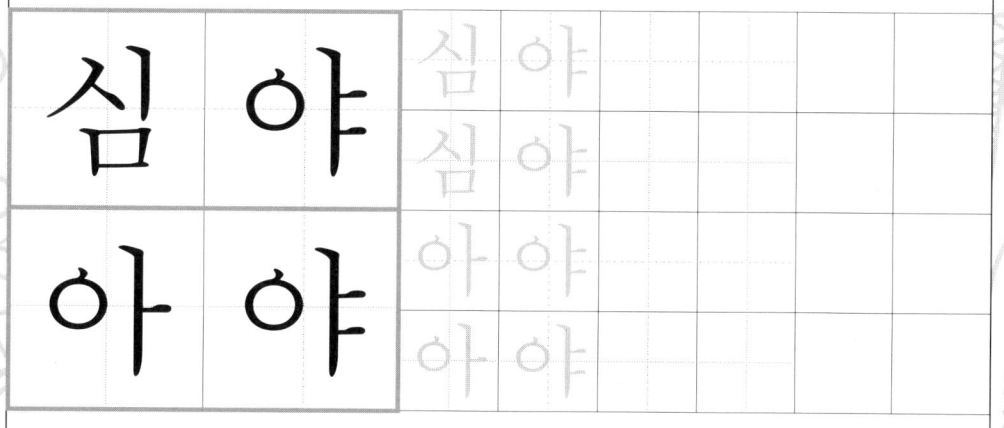

심야

아야

▶ 韓語會話寫寫看

o . re . kan . ma . ni . ya
오래간만이야.（好久不見。）
喔.雷.敢.罵.你.鴨

오래간만이야.

오래간만이야.

基本母音 10

ㅕ ①→ ②→ ③↓

T10

發音
yeo

相似注音
ㄧㄛ

單字

yeo . ja . a . i
여자아이
憂．叉．阿．伊

女兒（女孩子）

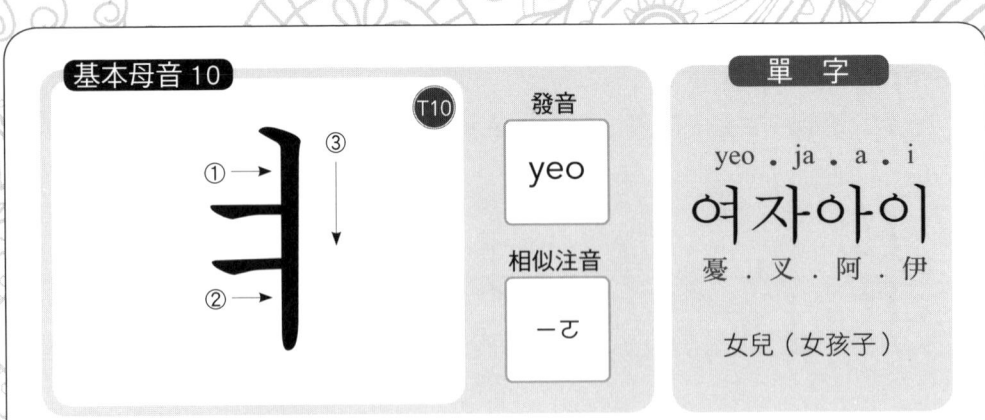

圖像・發音記憶法

一舉一動，讓人喜讓人**憂**！

ㅕ → ㅕ

基本母音

▶ 韓語 40 音寫寫看
心到、眼到、手到、口到！先看筆順，接著每寫一次，就練習念一次喔！

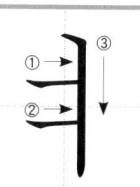

ㅋ

▶ 韓語單字寫寫看
yeo.ja.a.i
여자아이（女兒〈女孩子〉）、여유（充裕）
憂.叉.阿.伊　　　　　　　　　　yeo.yu
　　　　　　　　　　　　　　　　有.友

여자아이

여유

▶ 韓語會話寫寫看
yeo.bo.se.yo
여보세요.（喂～〈打電話時〉。）
有.普.塞.油

여보세요.

33

複合母音 1

T11

ㅐ
① ② ③

發音
ae

相似注音
ㄟ

單字

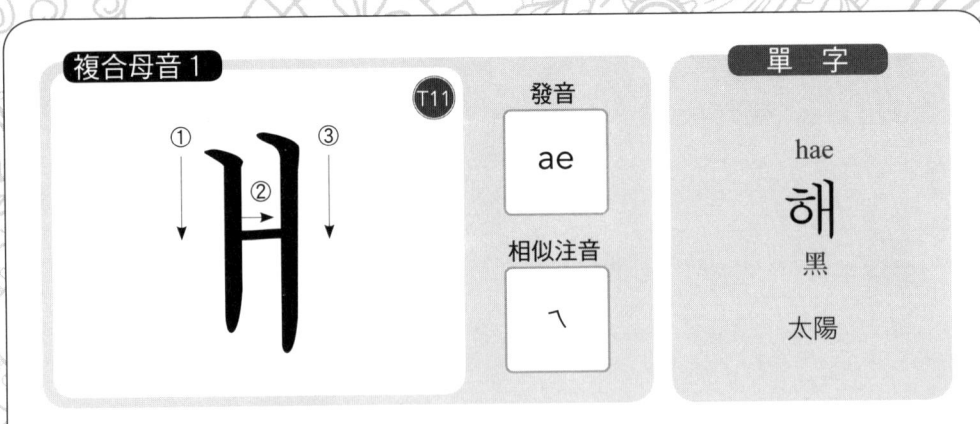

hae
해
黑
太陽

圖像‧發音記憶法

耶！他跟她求婚了！

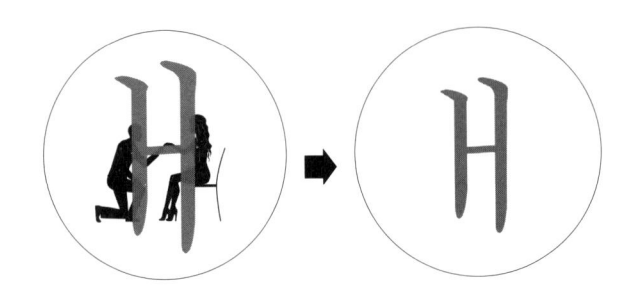

34

複合母音

▶ 韓語 40 音寫寫看
心到、眼到、手到、口到！先看筆順，接著每寫一次，就練習念一次喔！

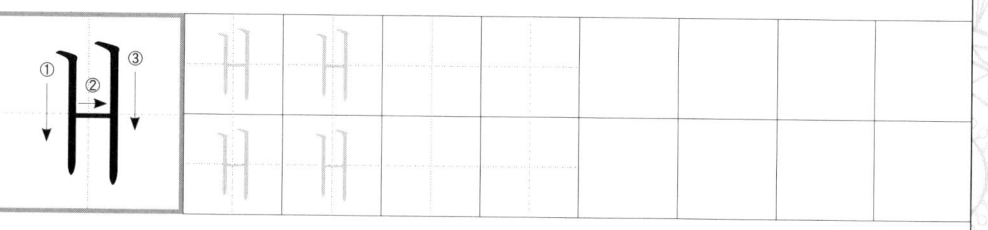

ㅐ

▶ 韓語單字寫寫看
hae　　　　sae
해（太陽）、새（鳥）
黑　　　　誰

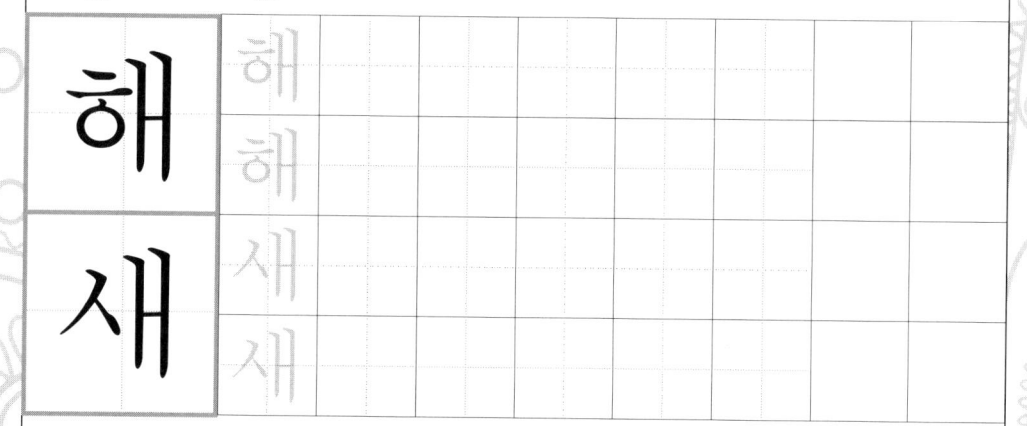

해
새

▶ 韓語會話寫寫看
do . khae . yo
독해요?（〈酒精度數〉很高嗎？）
吐. 給. 喲

독해요?

독해요?

35

複合母音 2

T12

① ② ③ ④ 애

發音: yae

相似注音: 一ㄟ

單字

yae

애
也

這個人（孩子）

圖像・發音記憶法

結婚了！

「我愛你！」　　　　　　　「我**也**愛你！」

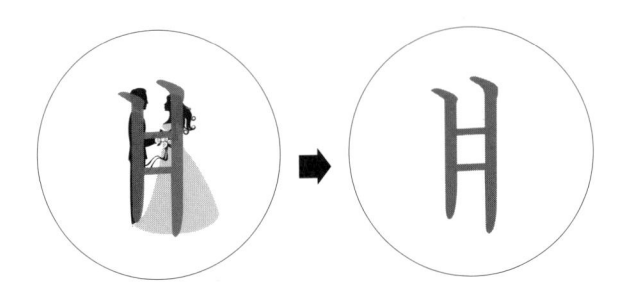

애 → 애

複合母音

▶ 韓語 40 音寫寫看

心到、眼到、手到、口到！先看筆順，接著每寫一次，就練習念一次喔！

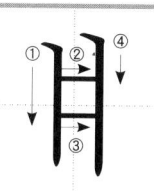

ㅒ

▶ 韓語單字寫寫看

yae
애（這個人〈孩子〉）、
也

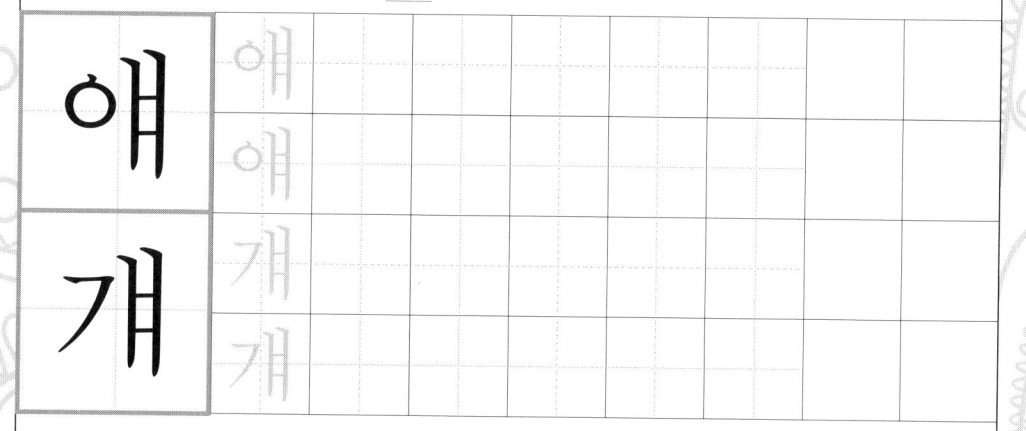

kae
걔（那個人〈孩子〉）
幾也

애

걔

▶ 韓語會話寫寫看

chom.deo.yae.ki.hae.chwo.yo
좀 더 얘기해 줘요!（請繼續說！）
窮．透．也．給．黑．酒．油

좀 더 얘기해 줘요!

좀 더 얘기해 줘요!

複合母音 3

T13

ㅔ
① → ② ↓ ③ ↓

發音
e

相似注音
ㄝ

單字

me．nyu
메뉴
梅．牛

菜單

圖像・發音記憶法

懷孕了！

你要當爸了，
給孩子取名字吧！

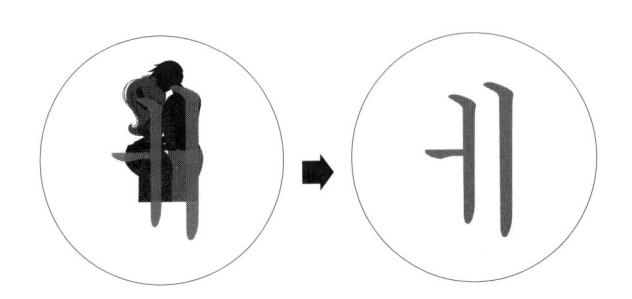

ㅒ → ㅔ

▶ 韓語 40 音寫寫看

心到、眼到、手到、口到！先看筆順，接著每寫一次，就練習念一次喔！

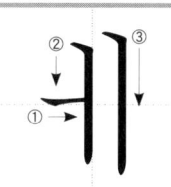

ㅖ

▶ 韓語單字寫寫看

me . nyu　　　ke
메뉴（菜單）、게（螃蟹）
梅．牛　　　　可黑

메뉴

게

▶ 韓語會話寫寫看

hang . gu . ke . ka . cha
한국에 가자.（去韓國吧！）
憨．庫．給．卡．恰

한국에 가자.

한국에 가자.

複合母音 4

T14

③ ④
ㅖ
① ②

發音
ye

相似注音
一ㄝ

單　字

ye.bae
예배
爺．北

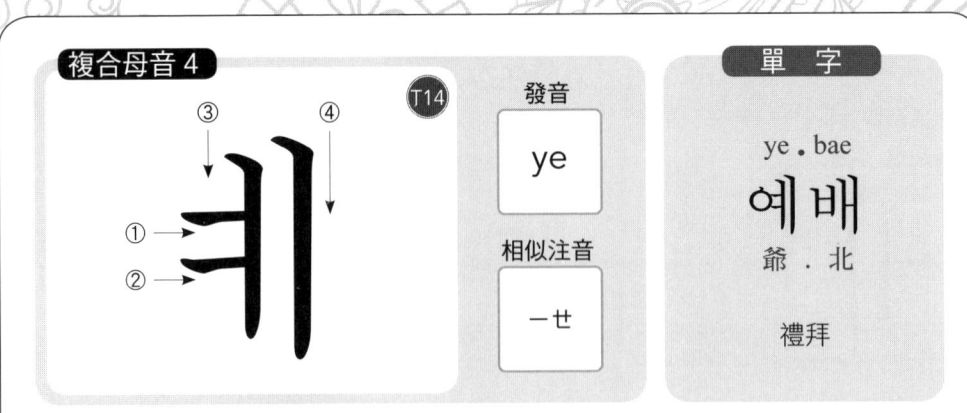

禮拜

圖像・發音記憶法

生了雙胞胎千金

一起去找**爺**爺奶奶！

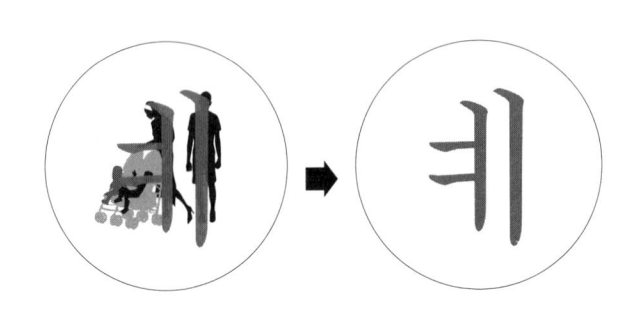

ㅖ → ㅖ

► 韓語 40 音寫寫看

心到、眼到、手到、口到！先看筆順，接著每寫一次，就練習念一次喔！

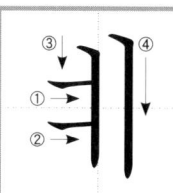

ㅖ

► 韓語單字寫寫看

ye . bae　　　si . ge
예배（禮拜）、시계（時鐘）
爺.北　　　　細.給

예배

시계

► 韓語會話寫寫看

i . geon . nwo . ye . yo
이건 뭐예요？（這是什麼？）
伊.幹.某.也.喲

이건 뭐예요?

複合母音 5

과 T15

① ↓ ③ ↓
② → ④ →

發音
wa

相似注音
ㄨㄚ

單 字

sa．gwa
사과
傻．瓜

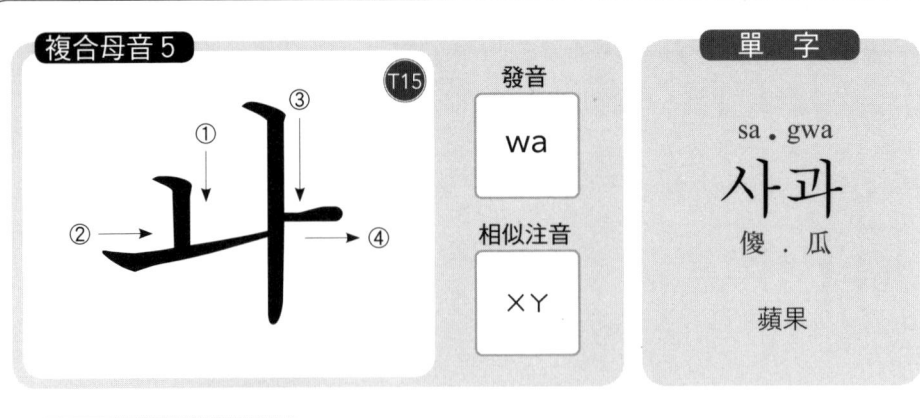

蘋果

圖像・發音記憶法

育兒日記！

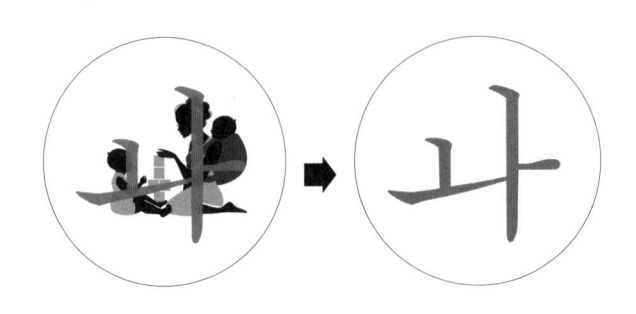

小**娃**娃真聰明！

과 → 과

複合母音

▶ 韓語 40 音寫寫看
心到、眼到、手到、口到！先看筆順，接著每寫一次，就練習念一次喔！

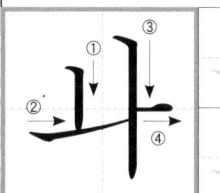

▶ 韓語單字寫寫看
sa.gwa　　　kyo.gwa.seo
사과（蘋果）、교과서（教科書）
傻.瓜　　　教.瓜.瘦

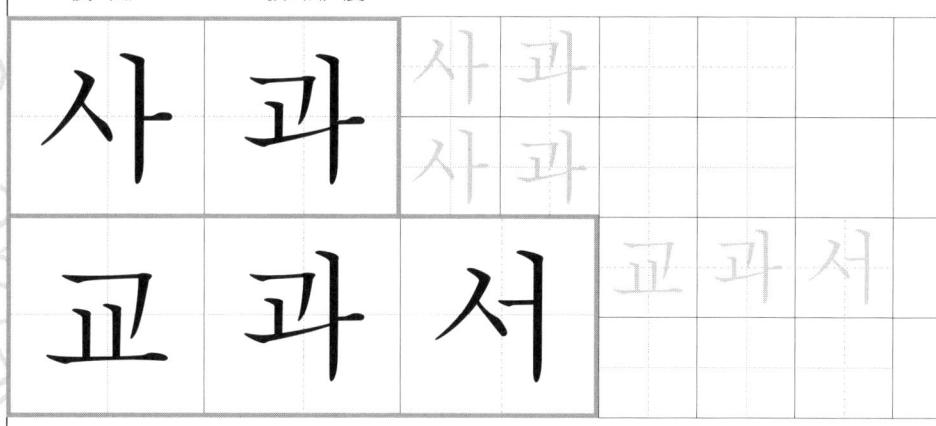

사 과

교 과 서

▶ 韓語會話寫寫看
to.wa.chu.se.yo
도와주세요！（救命啊！）
土.娃.阻.塞.油

도와주세요!

43

複合母音6　T16

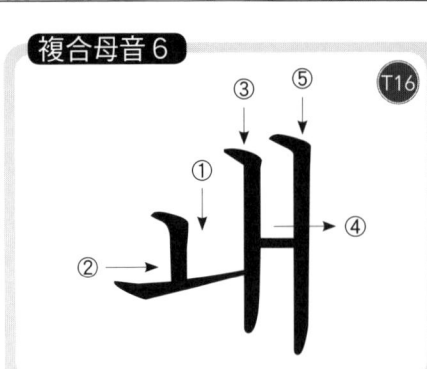

ㅙ
① ② ③ ④ ⑤

發音
wae

相似注音
ㄛㄝ

單　字

dwae.ji
돼지
腿．祭

豬

圖像・發音記憶法

忙**歪**了！
一邊工作一邊帶小孩！

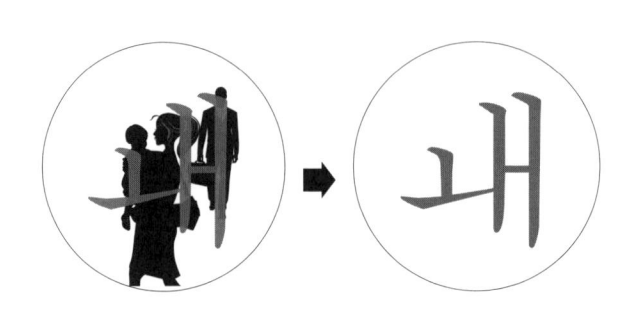

ㅙ → ㅙ

▶ 韓語 40 音寫寫看

心到、眼到、手到、口到！先看筆順，接著每寫一次，就練習念一次喔！

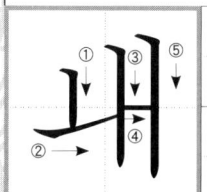

왜

▶ 韓語單字寫寫看

dwae．ji　　yu．kwae
돼지（豬）、유쾌（愉快）
腿．祭　　　有．快

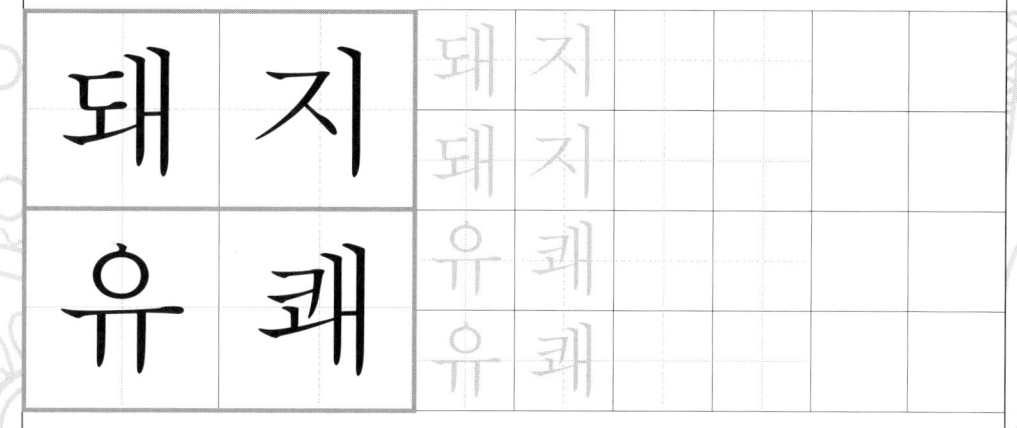

돼지

유쾌

▶ 韓語會話寫寫看

wae．yo
왜요？（為什麼？）
為．油

왜요？

왜요？

複合母音 7

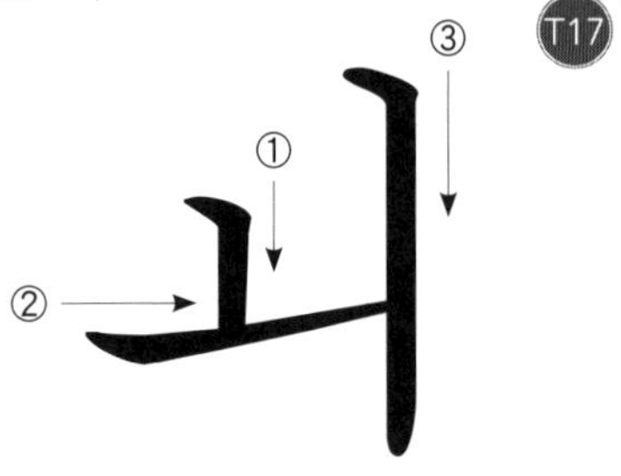

ㅚ T17

① ② ③

發音
oe

相似注音
ㄨㄝ

單字

hoe.sa
회사
會．莎

公司

圖像・發音記憶法

先生有小三，藉溜狗，跟女生幽會

喂！老公怎麼可以找小三！

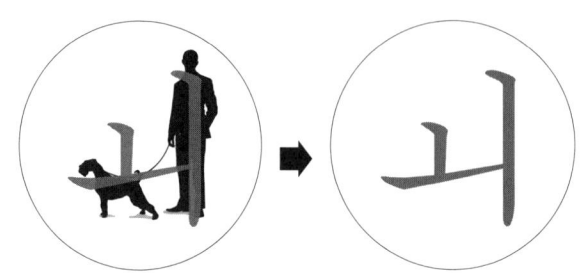

ㅚ → ㅚ

複合母音

▶ 韓語 40 音寫寫看
心到、眼到、手到、口到！先看筆順，接著每寫一次，就練習念一次喔！

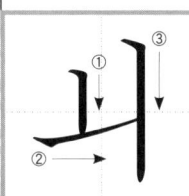

괴

▶ 韓語單字寫寫看
hoe.sa　　　koe.mul
회사（公司）、괴물（怪物）
會.莎　　　虧.母兒

회 사

괴 물

▶ 韓語會話寫寫看
oe.ro.wo.yo
외로워요.（好寂寞！）
威.樓.我.油

외로워요.

외로워요.

複合母音 8

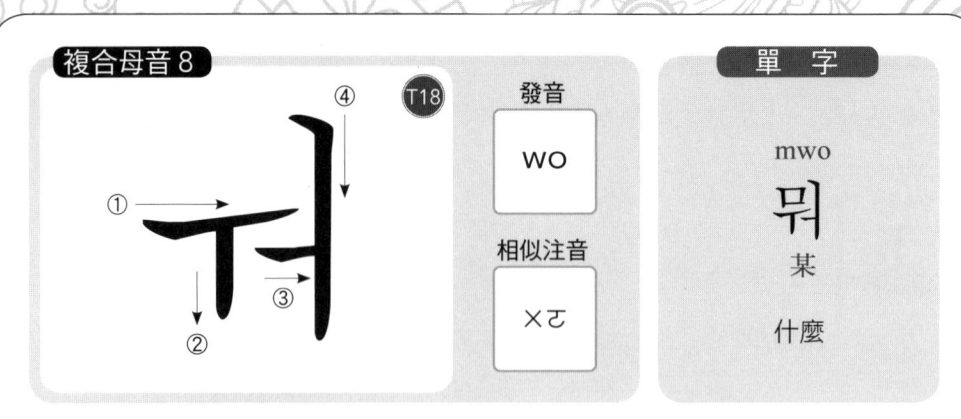

T18

워

① → ② ↓ ③ → ④ ↓

發音

wo

相似注音

ㄨㄛ

單 字

mwo

뭐
某
什麼

圖像・發音記憶法

老婆一氣之下，離家出走！

「原諒**我**，我錯了！」　　　　　　「哼！」

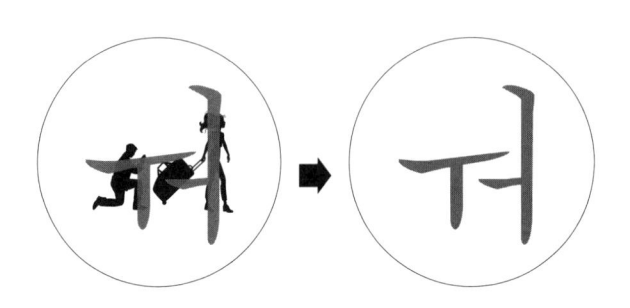

▶ 韓語 40 音寫寫看

心到、眼到、手到、口到！先看筆順，接著每寫一次，就練習念一次喔！

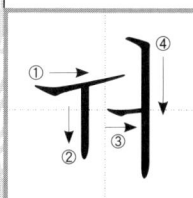

궈

▶ 韓語單字寫寫看

mwo　　　won
뭐（什麼）、원（韓幣單位）
某　　　　旺

뭐

원

▶ 韓語會話寫寫看

ko . ma . wo . (yo)
고마워(요).（感謝你〈呀〉！）
姑.罵.我.(油)

고마워(요).

複合母音 9

ㅞ

① → ② ↓ ③ ↓ ④ ↓ ⑤ ↓

T19

發音

we

相似注音

ㄨㄝ

單字

we．i．teo

웨이터

胃．衣．透

服務員（餐廳）

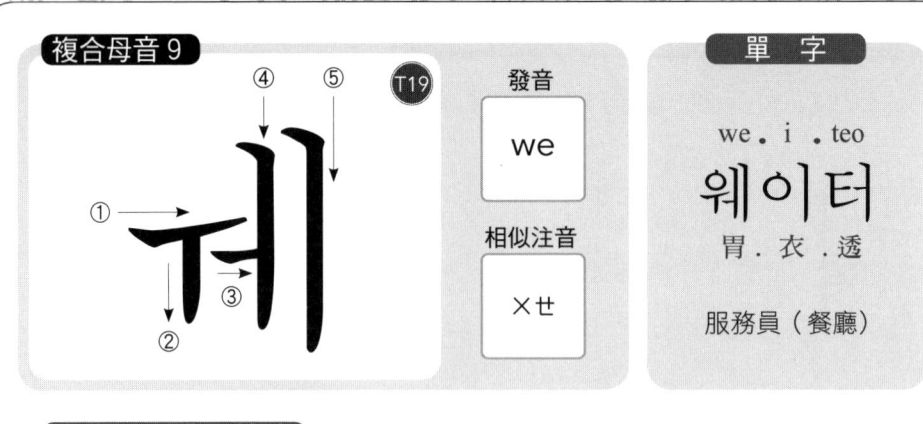

圖像・發音記憶法

希望挽回老婆的心！

「後悔到**胃**抽筋！」

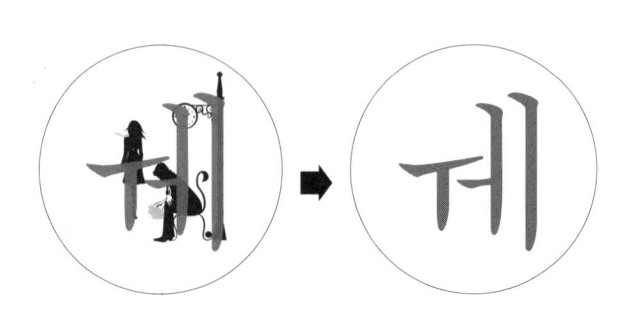

ㅙ → ㅞ

複合母音

▶ 韓語 40 音寫寫看
心到、眼到、手到、口到！先看筆順，接著每寫一次，就練習念一次喔！

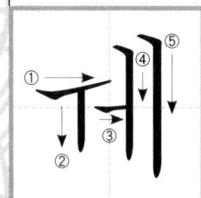

웨

▶ 韓語單字寫寫看
we．i．teo　　　　　　　we．i．beu
웨이터（服務員〈餐廳〉）、웨이브（捲度〈頭髮等〉）
胃．衣．透　　　　　　　胃．衣．布

웨이터

웨이브

▶ 韓語會話寫寫看
seu．we．teo, eol．ma．ye．yo
스웨터, 얼마예요？（毛衣，多少錢？）
司．胃．透．二耳．馬．也．油

스웨터, 얼마예요?

複合母音 10　　　T20

發音
wi

相似注音
ㄨ丨

單　字

kwi
귀
桂
耳朵

圖像・發音記憶法

在巴黎鐵塔下,再次宣誓永恆的真愛!

「**為**你送上代表真愛的玫瑰花!」

▶ 韓語 40 音寫寫看

心到、眼到、手到、口到！先看筆順，接著每寫一次，就練習念一次喔！

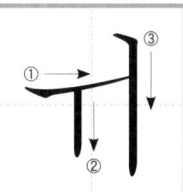

ㅟ

▶ 韓語單字寫寫看

kwi　　　chwi.mi
귀（耳朵）、취미（興趣）
桂　　　　娶.米

귀

취미

▶ 韓語會話寫寫看

ka.wi.ba.wi.bo
가위 바위 보.（剪刀、石頭、布！）
卡.為.爬.為.普

가위 바위 보.

가위 바위 보.

複合母音 11

ㅢ ①→ ②↓

T21

發音
ui

相似注音
ㄨㄧ

單 字

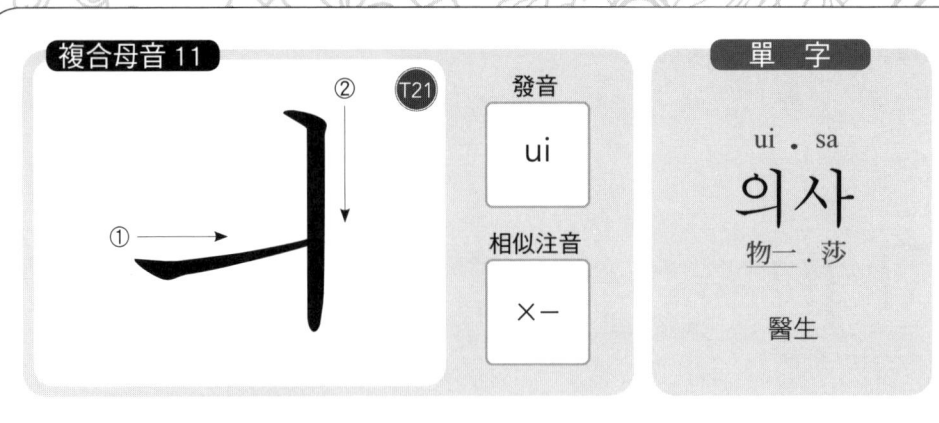

ui．sa
의사
物ㄧ．莎

醫生

圖像‧發音記憶法

「再嫁給我一次吧」
「**物ㄧ！**」（法語 Oui：好的）

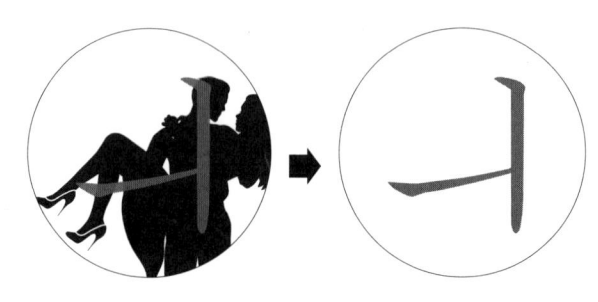

▶ 韓語 40 音寫寫看

心到、眼到、手到、口到！先看筆順，接著每寫一次，就練習念一次喔！

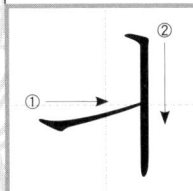

ㅢ

▶ 韓語單字寫寫看

ui.sa　　　　ui.ja
의사（醫生）、의자（椅子）
物一.莎　　　烏衣.加

의 사

의 자

▶ 韓語會話寫寫看

ui.sa.reul.bul.leo.ju.se.yo
의사를 불러 주세요.（請叫醫生！）
烏衣.莎.日.普.拉.阻.誰.喲

의사를 불러 주세요.

子音・平音 1

ㄱ ①

T22

發音
k/g

相似注音
ㄎ / ㄍ

單 字

keo . gi
거기
科 . 給

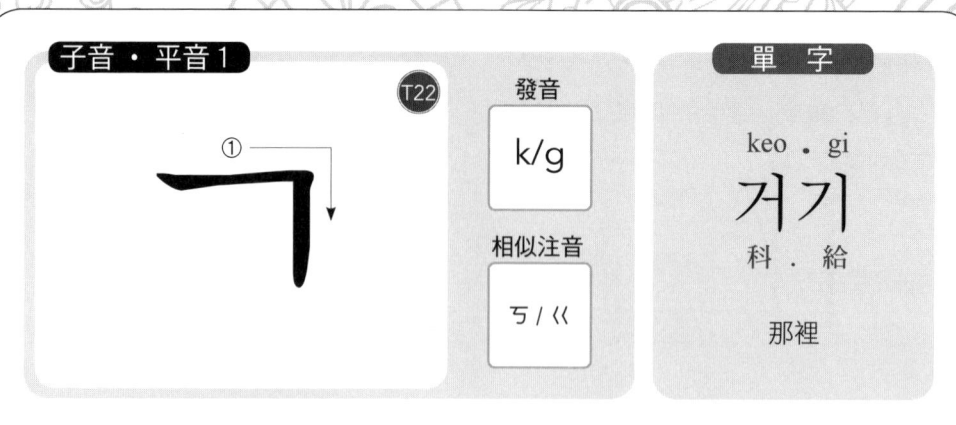

那裡

圖像・發音記憶法

雙胞胎大女兒楚楚動人，是**個**髮型模特兒！

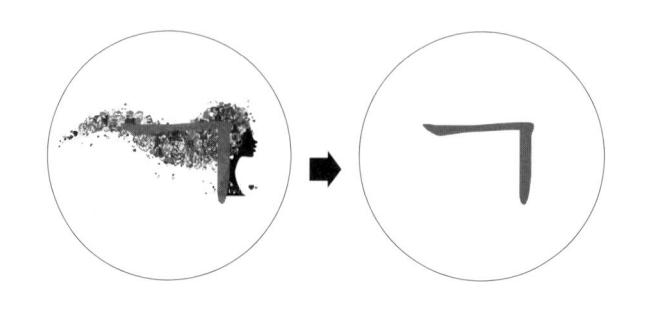

56

子音・平音

▶ 韓語 40 音寫寫看
心到、眼到、手到、口到！先看筆順，接著每寫一次，就練習念一次喔！

ㄱ

▶ 韓語單字寫寫看
keo . gi　　　ka . gu
거기（那裡）、가구（家具）
科 . 給　　　卡 . 姑

거기
가구

▶ 韓語會話寫寫看
ka . ja
가자 .（快走吧！〈一同走〉）
卡 . 家

가자.

가자.

子音・平音 2

ㄴ ①→

T23

發音
n

相似注音
ㄋ

單 字

nu . gu
누구
努 . 姑

誰

圖像・發音記憶法

女神級身材，會不會太吸睛了**呢**？

▶ 韓語 40 音寫寫看

心到、眼到、手到、口到！先看筆順，接著每寫一次，就練習念一次喔！

ㄴ

▶ 韓語單字寫寫看

nu.gu　　na.i
누구（誰）、나이（歲〈歲數或年紀〉）
努.姑　　娜.衣

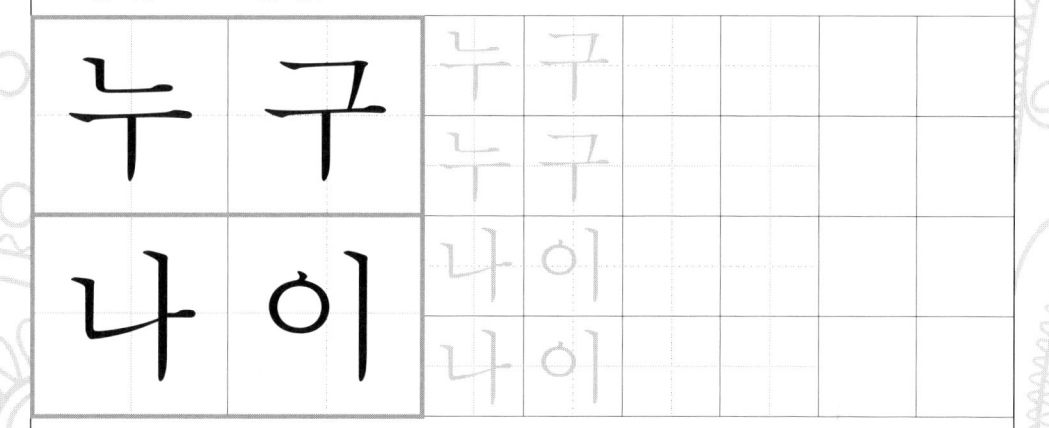

누구
나이

▶ 韓語會話寫寫看

ha.na.tur.set
하나 둘 셋.（１２３開始！〈或拉、推等〉）
哈.娜.兔耳.誰的

하나 둘 셋.

子音・平音 3	發音	單 字
① → ㄷ ② →	t / d — 相似注音 — ㄊ / ㄉ	eo . di 어디 喔 . 低 哪裡

圖像・發音記憶法

女神接班人，**得**寵程度可見一斑！

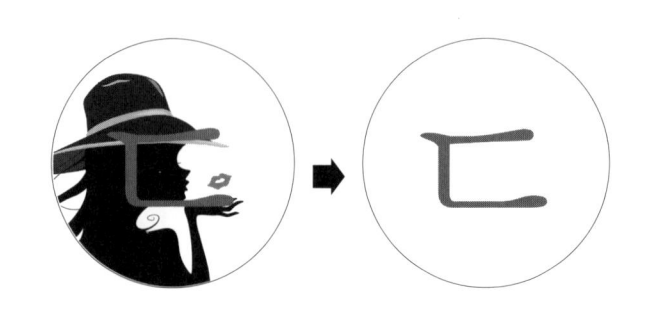

▶ 韓語 40 音寫寫看

心到、眼到、手到、口到！先看筆順，接著每寫一次，就練習念一次喔！

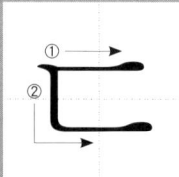

ㄷ

▶ 韓語單字寫寫看

eo.di　　　　ku.du
어디（哪裡）、구두（鞋子）
喔.低　　　　苦.讀

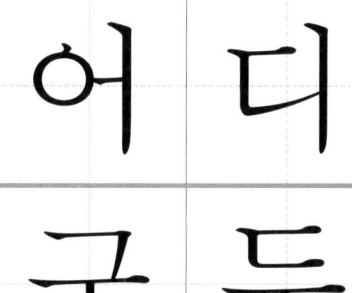

어디

구두

▶ 韓語會話寫寫看

ma.sit.da
맛있다.（好吃！）
馬.西.打

맛있다.

子音・平音

61

子音・平音 4

ㄹ

① ② ③

T25

發音
r/l

相似注音
ㄦ/ㄌ

單 字

우리
u．ri
屋．李

我們

圖像・發音記憶法

大女兒，加**勒**比海拍廣告。

▶ 韓語 40 音寫寫看

心到、眼到、手到、口到！先看筆順，接著每寫一次，就練習念一次喔！

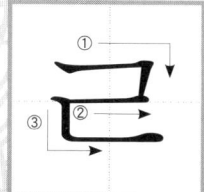

ㄹ

▶ 韓語單字寫寫看

u.ri　　　na.ra
우리（我們）、나라（國家）
屋.李　　　娜.拉

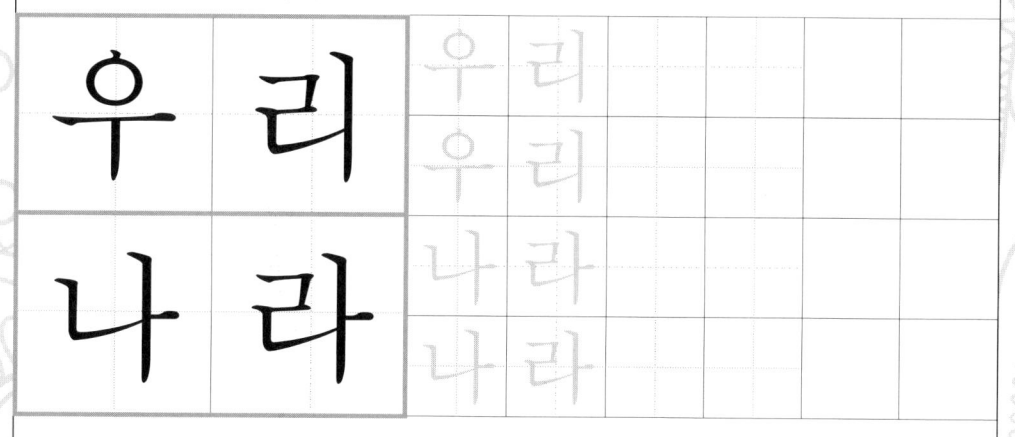

우리

나라

▶ 韓語會話寫寫看

han.kuk.ma.lul.mo.la.yo
한국말을 몰라요.（我不會說韓語。）
憨.哭.罵.了.莫.拉.油

한국말을 몰라요.

子音・平音 5

T26

①②③ ㅁ

發音
m

相似注音
ㄇ

單字

meo.ri
머리
末.李

頭

圖像・發音記憶法

辛苦拍外景時，最想念阿爸阿**母**！

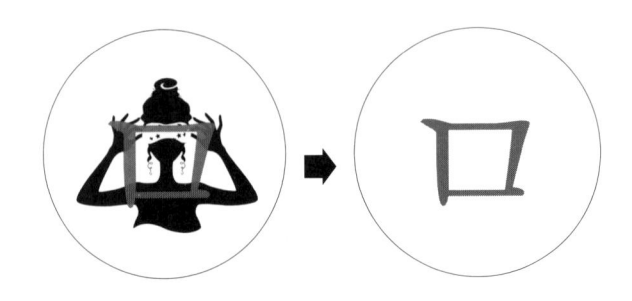

ㅁ

▶ 韓語 40 音寫寫看

心到、眼到、手到、口到！先看筆順，接著每寫一次，就練習念一次喔！

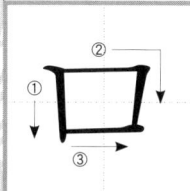

ㅁ

▶ 韓語單字寫寫看

meo . ri　　　mo . gi
머리（頭）、모기（蚊子）
末.李　　　某.給

머리

모기

▶ 韓語會話寫寫看

chang.nan.chi.ji.ma
장난치지마!（不要鬧了！）
張.難.氣.奇.馬

장난치지마!

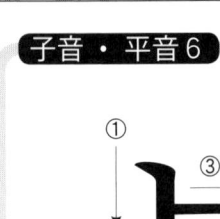

子音・平音6	發音	單字
ㅂ ①②③④ T27	p/b 相似注音 ㄆ/ㄅ	pa.bo 바보 爬.普 傻瓜、笨蛋

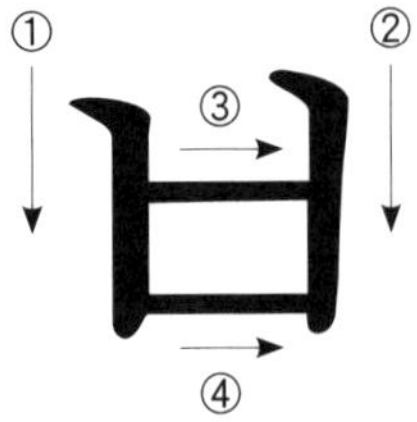

圖像・發音記憶法

也接拍綠野香**波**洗髮精廣告！

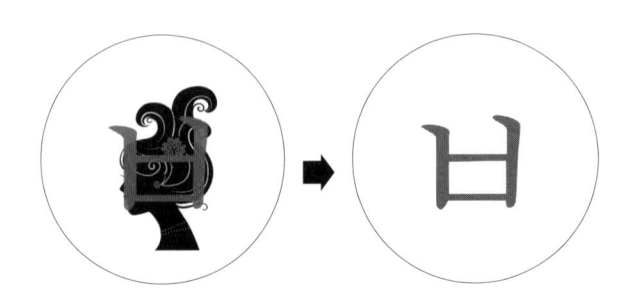

66

▶ 韓語 40 音寫寫看

心到、眼到、手到、口到！先看筆順，接著每寫一次，就練習念一次喔！

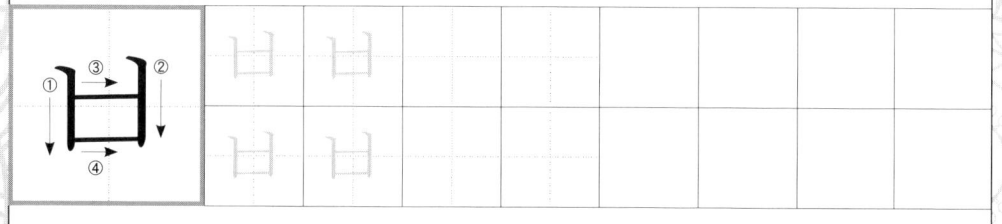

ㅂ

▶ 韓語單字寫寫看

pa . bo　　　　　　pi
바보（傻瓜、笨蛋）、비（雨）
爬．普　　　　　　皮

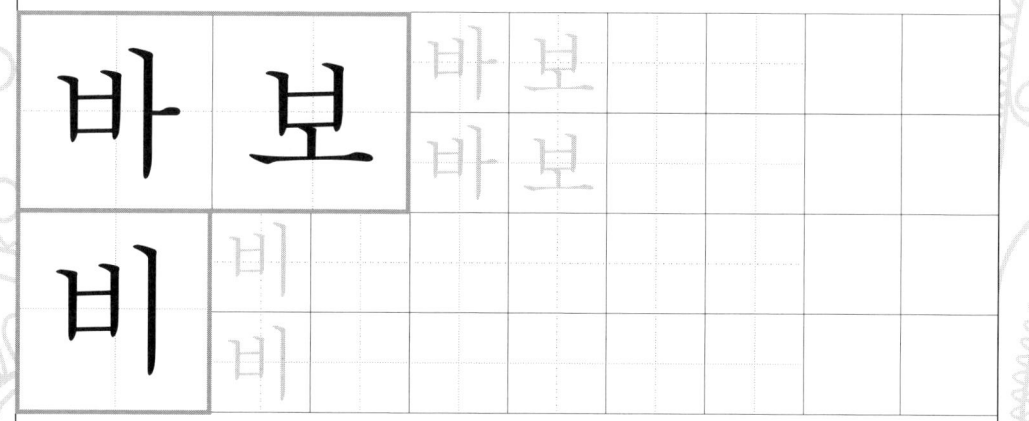

바보

비

▶ 韓語會話寫寫看

pa . bo . ka . te
바보같애.（真蠢呀！）
爬．普．咖．特

바보같애.

子音・平音

子音・平音 7	發音	單 字
①↙ 入 ②↘ T28	s / ㄙ	pi．seo 비서 皮．瘦 秘書

圖像・發音記憶法

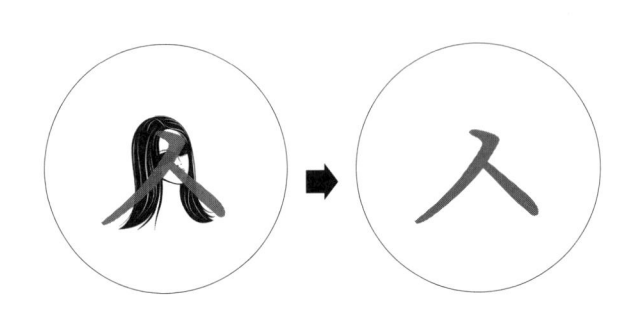

拍片時各種情緒，
都能傳達得**絲**絲入扣！

入 → 入

68

子音・平音

▶ 韓語 40 音寫寫看

心到、眼到、手到、口到！先看筆順，接著每寫一次，就練習念一次喔！

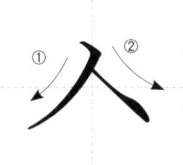

ㅅ

▶ 韓語單字寫寫看

pi . seo　　　to . si
비서（秘書）、도시（都市）
皮.瘦　　　　土.細

비서

도시

▶ 韓語會話寫寫看

sa . rang . he . yo
사랑해요.（我愛你！）
莎.郎.黑.油

사랑해요.

사랑해요.

69

子音・平音 8

T29

① ○

發音
不發音 / ng

相似注音
不發音 / ㄥ

單 字

yeo . gi

여기

有 . 給

這裡

圖像・發音記憶法

嗯！髮型超炫，眾人的焦點！

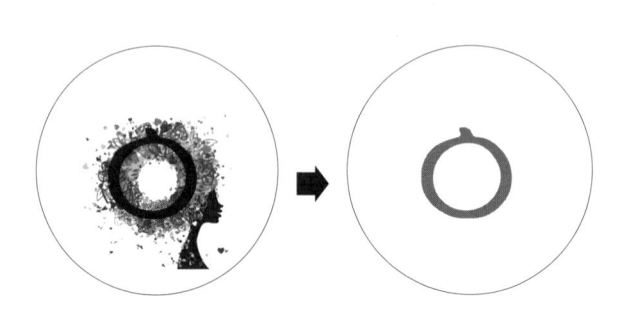

子音・平音

▶ 韓語 40 音寫寫看

心到、眼到、手到、口到！先看筆順，接著每寫一次，就練習念一次喔！

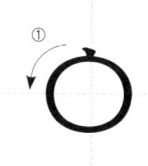

① ㅇ

▶ 韓語單字寫寫看

yeo.gi　　　　a.gi
여기（這裡）、아기（嬰孩）
有.給　　　　阿.給

여기

아기

▶ 韓語會話寫寫看

char.chi.ne.se.yo
잘 지내세요?（你好嗎？）
茶.奇.內.誰.喲

잘 지내세요?

잘 지내세요?

子音・平音 9

T30

ス
① →
② ↙ ③ ↘

發音
ch/j

相似注音
ㄘ/ㄗ

單 字

chu．so
주소
阻．嫂

地址

圖像・發音記憶法

姿色撩人，綻放無限魅力！

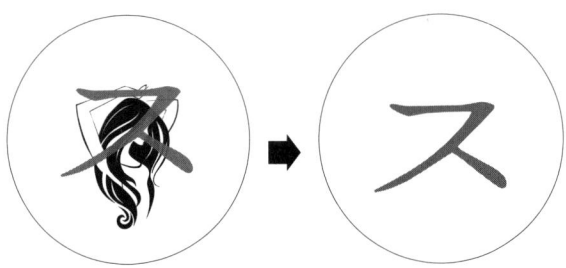

▶ 韓語 40 音寫寫看
心到、眼到、手到、口到！先看筆順，接著每寫一次，就練習念一次喔！

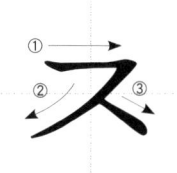

ㅊ

▶ 韓語單字寫寫看
chu . so　　　chi . gu
주소（地址）、지구（地球）
阻.嫂　　　　奇.姑

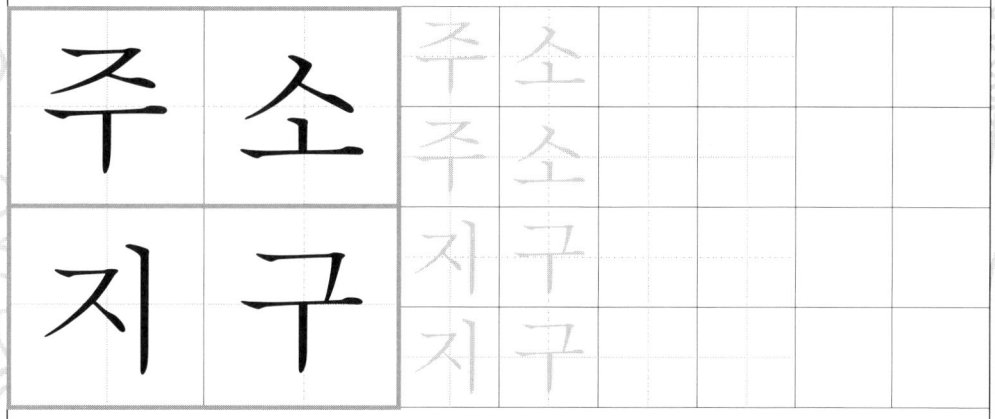

주소
지구

▶ 韓語會話寫寫看
tto . man . na . cha
또 만나자 .（下次再見！）
都.滿.娜.恰

또 만나자.

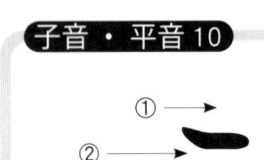

子音・平音 10	發音	單　字
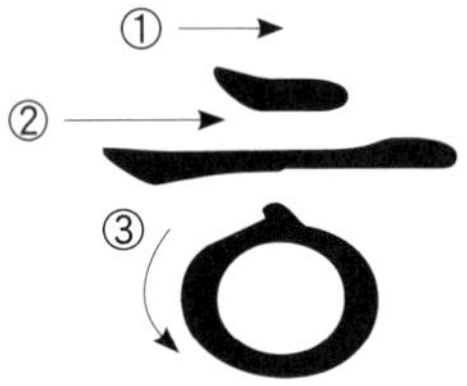 ① →　② →　③ ↓ ㅎ T31	h 相似注音 ㄏ	hyu.ji 휴지 休.幾 面紙、衛生紙

圖像・發音記憶法

害羞一笑「呵」！頭頂就冒蒸氣！

呵！呵！

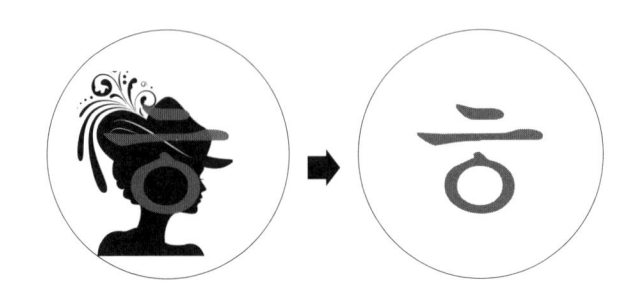

ㅎ

74

▶ 韓語 40 音寫寫看

心到、眼到、手到、口到！先看筆順，接著每寫一次，就練習念一次喔！

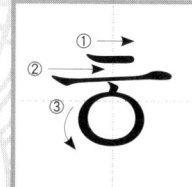

흉

▶ 韓語單字寫寫看

hyu . ji　　　　　　hyeo
휴지（面紙、衛生紙）、**혀**（舌頭）
休 . 幾　　　　　　喝有

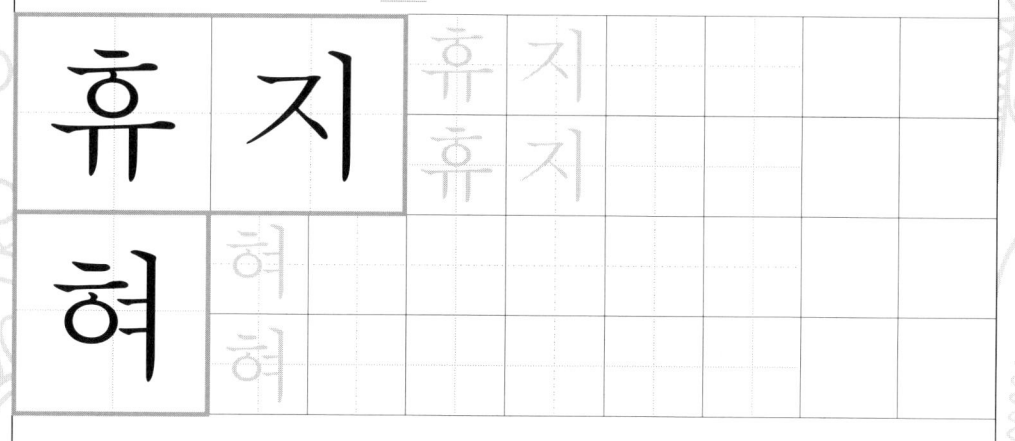

휴지

혀

▶ 韓語會話寫寫看

ha . ji . ma . (yo)
하지마 (요).（住手；不要（啦）！）
哈 . 幾 . 馬 .（油）

하지마(요).

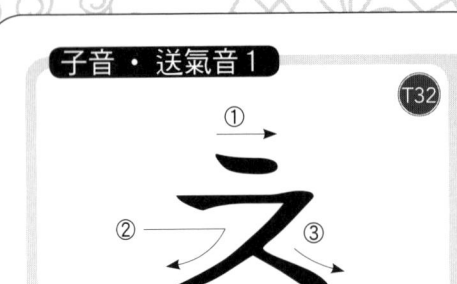

子音・送氣音1	發音	單　字
① → ㅊ ② ← ③ → T32	ch 相似注音 ㄘ/ㄎ	cha 차 擦 茶、車子

圖像・發音記憶法

雙胞胎小女兒呢？
此人熱情好動。

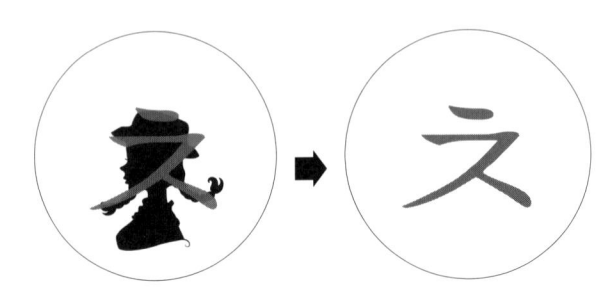

▶ 韓語 40 音寫寫看

心到、眼到、手到、口到！先看筆順，接著每寫一次，就練習念一次喔！

ㅊ

▶ 韓語單字寫寫看

cha　　　　　ko.chu
차（茶、車子）、고추（辣椒）
擦　　　　　　姑.醋

차

고추

▶ 韓語會話寫寫看

a.cha
아차！（啊呀！）
阿.擦

아차!

아차!

子音・送氣音

子音・送氣音2	發音	單　字
① ② ㅋ (T33)	k / 相似注音 ㄎ	ka．deu 카드 卡．的 卡片

圖像・發音記憶法

甜美**可**人，一天到晚喜歡往外跑。

▶ 韓語 40 音寫寫看
心到、眼到、手到、口到！先看筆順，接著每寫一次，就練習念一次喔！

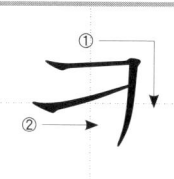

ㅋ

▶ 韓語單字寫寫看
ka.deu　　　ku.ki
카드（卡片）、쿠키（餅乾）
卡.的　　　　酷.渴意

카드

쿠키

▶ 韓語會話寫寫看
ti.meo.ni.ka.deu.jom.ju.se.yo
티머니카드 좀 주세요.（請給我一個 T-money 交通卡。）
提.末.妮.卡.都.從.阻.雖.喲

티머니카드 좀 주세요.

子音・送氣音

子音・送氣音 3

① →
③ ↓ ② →
ㅌ

T34

發音

t

相似注音

ㄊ

單　字

ti . syeo . cheu
티셔츠
提．秀．恥

T恤

圖像・發音記憶法

她好奇心強，又**特**別調皮。

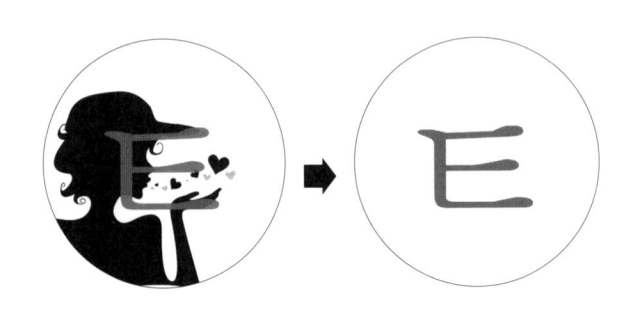

▶ 韓語 40 音寫寫看

心到、眼到、手到、口到！先看筆順，接著每寫一次，就練習念一次喔！

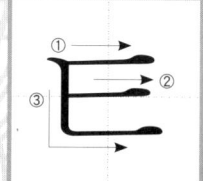

ㅌ

▶ 韓語單字寫寫看

ti.syeo.cheu　　ko.teu
티셔츠（T恤）、코트（大衣）
提.秀.恥　　　扣.特

티셔츠

코트

▶ 韓語會話寫寫看

seu.ta.i.ri.chot.ta
스타일이 좋다.（很有型！）
司.她.憶.立.糗.他

스타일이 좋다.

子音・送氣音 4

T35

①→
② ↙ 立 ③↘
④→

發音: p

相似注音: ㄆ

單 字

keo . pi

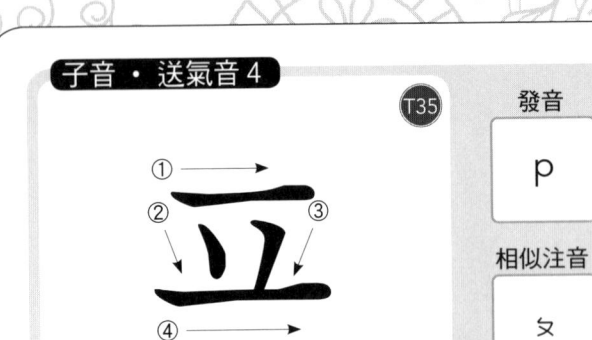

커피
ㄎ . ㄆ|

咖啡

圖像・發音記憶法

總是敢活**潑**大膽的秀自己。

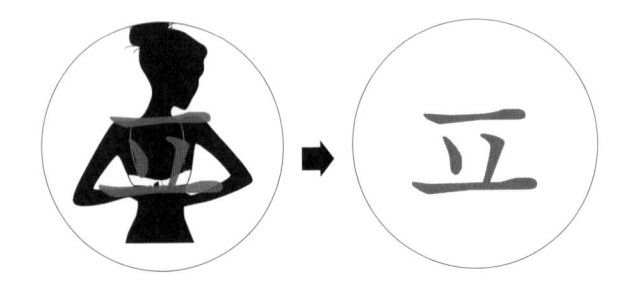

82

▶ 韓語 40 音寫寫看
心到、眼到、手到、口到！先看筆順，接著每寫一次，就練習念一次喔！

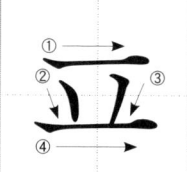

ㅍ

▶ 韓語單字寫寫看
keo.pi　　　u.pyo
커피（咖啡）、우표（郵票）
ㄎ.匹　　　屋.票

커피

우표

▶ 韓語會話寫寫看
bae.go.pa
배고파.（肚子餓了！）
配.勾.怕

배고파.

배고파.

子音・硬音1	發音	單 字
ㄲ T36 ①②	kk	a．kka
	相似注音	아까
	ㄍˋ	阿．嘎
		剛才

圖像・發音記憶法

雙胞胎一樣的相貌，**各**自的性情卻不相同。

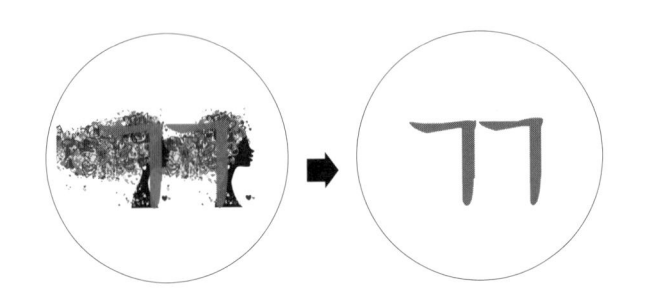

子音・硬音

▶ 韓語 40 音寫寫看
心到、眼到、手到、口到！先看筆順，接著每寫一次，就練習念一次喔！

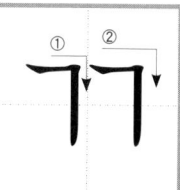

ㄲ

▶ 韓語單字寫寫看
a . kka　　　　kko . ma
아까（剛才）、꼬마（小不點）
阿.嘎　　　　姑.馬

아 까

꼬 마

▶ 韓語會話寫寫看
ba . bbeu . sim . ni . kka
바쁘십니까？（忙嗎？）
爬.不.新.你.嘎

바쁘십니까?

바쁘십니까?

子音・硬音2

ㄸ

發音: tt

相似注音: ㄉˋ

單字

tteo.na.da
떠나다
都．娜．打

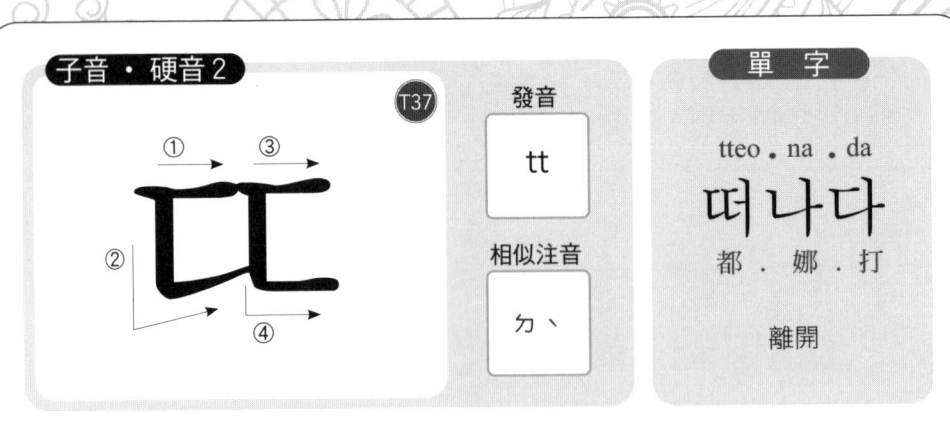

離開

圖像・發音記憶法

兩人總能玩**得**笑聲不斷。

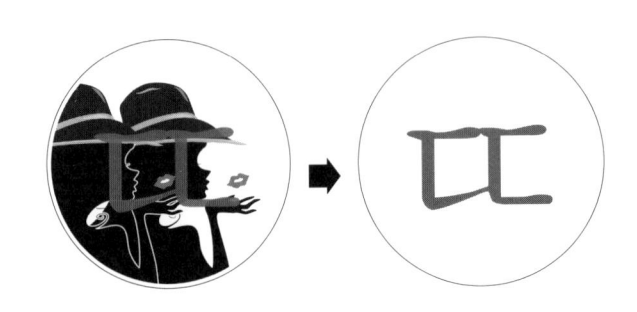

子音・硬音

▶ 韓語 40 音寫寫看

心到、眼到、手到、口到！先看筆順，接著每寫一次，就練習念一次喔！

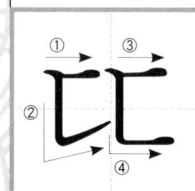

ㄸ

▶ 韓語單字寫寫看

tteo．na．da　　　tto
떠나다（離開）、또（那麼，又）
都．娜．打　　　　豆

떠나다

또

▶ 韓語會話寫寫看

tteo．deur．ji．ma．ra．yo
떠들지 말아요！（別吵了！）
搭．的．雞．罵．拉．喲

떠들지 말아요!

떠들지 말아요!

87

子音・硬音 3

① ④ ⑤ ⑧
② ㅂㅂ ⑥
③ ⑦

T38

發音
pp

相似注音
ㄅˋ

單　字

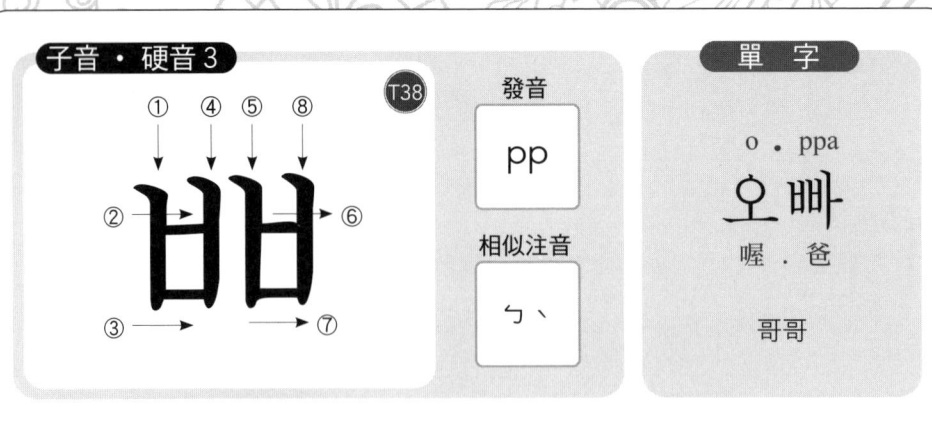

o．ppa
오빠
喔．爸

哥哥

圖像・發音記憶法

兩人飛吻「**啵**」～甜得叔姨笑咪咪。

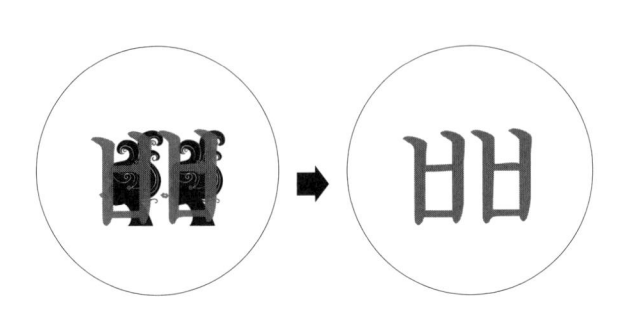

ㅂㅂ → ㅂㅂ

88

子音・硬音

▶ 韓語 40 音寫寫看
心到、眼到、手到、口到！先看筆順，接著每寫一次，就練習念一次喔！

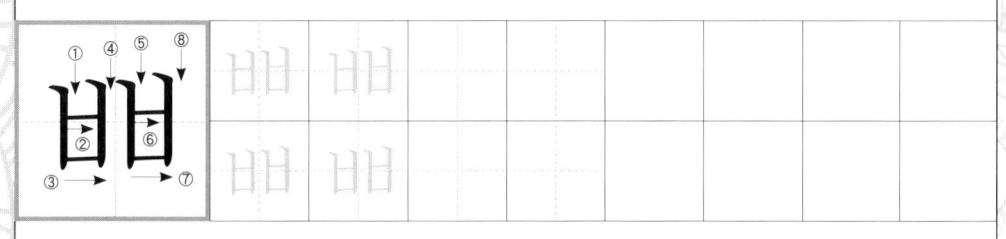

ㅃ

▶ 韓語單字寫寫看
o.ppa　　　ppyam
오빠（哥哥）、뺨（臉頰）
喔.爸　　　飄鴨

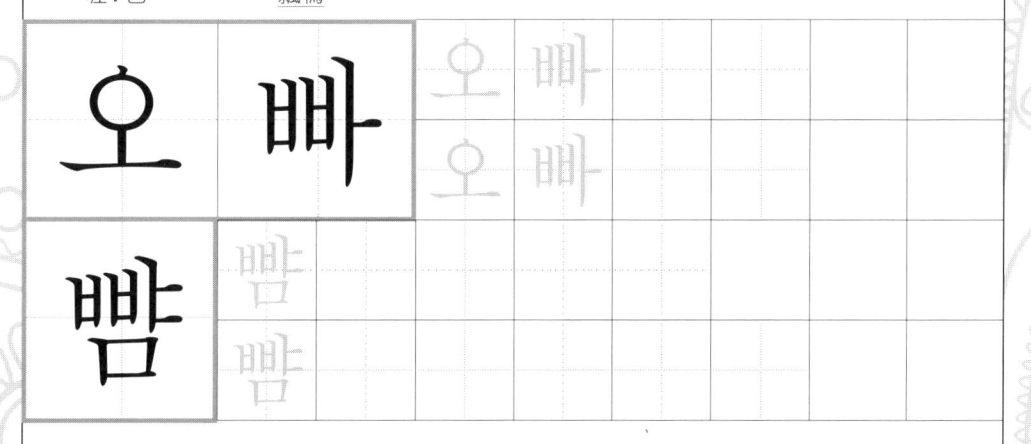

오빠

뺨

▶ 韓語會話寫寫看
o.ppa.sa.rang.hae.yo
오빠, 사랑해요.（哥哥，我愛你！）
喔.爸.莎.郎.黑.油

오빠, 사랑해요.

오빠, 사랑해요.

89

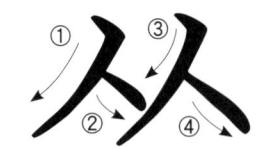

子音・硬音4	發音	單　字
ㅆ ①③②④ T39	ss 相似注音 ㄙˋ	ssa . u . da 싸우다 沙 . 屋 . 打 打架

圖像・發音記憶法

兩人靚麗的外表，總能吸引四周人的眼光。

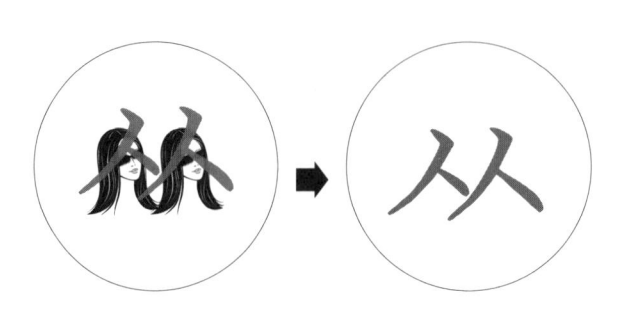

ㅆ → ㅅ

▶ 韓語 40 音寫寫看

心到、眼到、手到、口到！先看筆順，接著每寫一次，就練習念一次喔！

ㅆ

▶ 韓語單字寫寫看

ssa . u . da   sso . da
싸우다（打架）、쏘다（射、擊）
沙．屋．打　　　受．打

싸우다

쏘다

▶ 韓語會話寫寫看

ssa . u . ji . ma
싸우지 마!（別打了！）
沙．屋．騎．馬

싸우지 마!

싸우지 마!

子音・硬音

子音・硬音 5

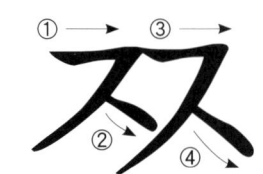

T40

ㅉ
①→ ③→
②↙ ④↙

發音
cch

相似注音
ㄗˋ

單字

ka . ccha
가짜
卡．恰

假的

圖像・發音記憶法

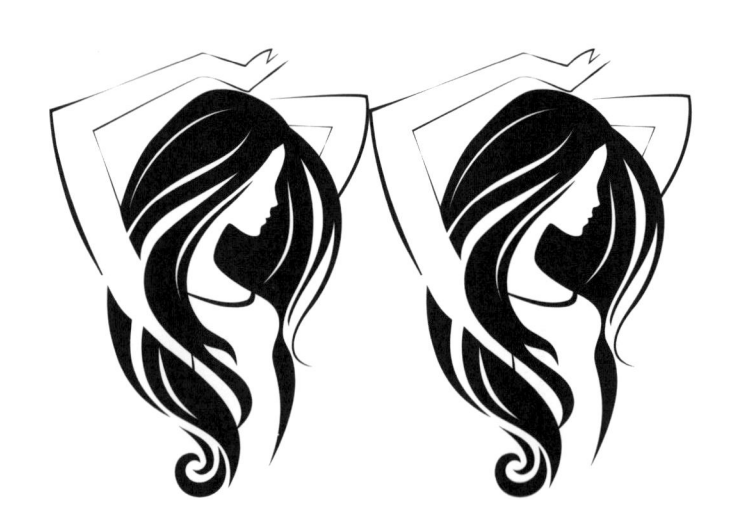

兩人都相當有**自**己的想法。

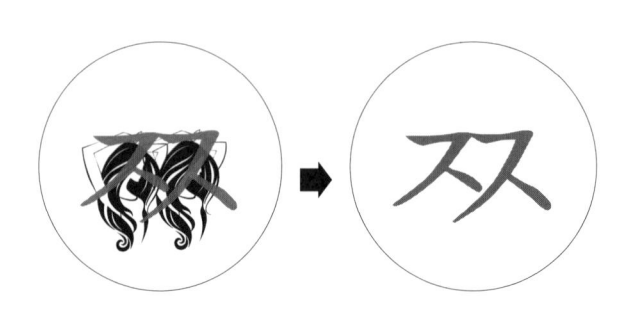

ㅉ → ㅉ

▶ 韓語 40 音寫寫看

心到、眼到、手到、口到！先看筆順，接著每寫一次，就練習念一次喔！

子音・硬音

ㅉ

▶ 韓語單字寫寫看

ka.ccha　　ccha.da
가짜（假的）、**짜다**（鹹的）
卡.恰　　　渣.打

가 짜

짜 다

▶ 韓語會話寫寫看

chin.ccha
진짜?（真的嗎？）
親.渣

진짜?

진짜?

93

發音表－反切表

平音、送氣音跟基本母音的組合

母音 子音	ㅏ a	ㅑ ya	ㅓ eo	ㅕ yeo	ㅗ o	ㅛ yo	ㅜ u	ㅠ yu	ㅡ eu	ㅣ i
ㄱ k/g	가 ka	갸 kya	거 keo	겨 kyeo	고 ko	교 kyo	구 ku	규 kyu	그 keu	기 ki
ㄴ n	나 na	냐 nya	너 neo	녀 nyeo	노 no	뇨 nyo	누 nu	뉴 nyu	느 neu	니 ni
ㄷ t/d	다 ta	댜 tya	더 teo	뎌 tyeo	도 to	됴 tyo	두 tu	듀 tyu	드 teu	디 ti
ㄹ r/l	라 ra	랴 rya	러 reo	려 ryeo	로 ro	료 ryo	루 ru	류 ryu	르 reu	리 ri
ㅁ m	마 ma	먀 mya	머 meo	며 myeo	모 mo	묘 myo	무 mu	뮤 myu	므 meu	미 mi
ㅂ p/b	바 pa	뱌 pya	버 peo	벼 pyeo	보 po	뵤 pyo	부 pu	뷰 pyu	브 peu	비 pi
ㅅ s	사 sa	샤 sya	서 seo	셔 syeo	소 so	쇼 syo	수 su	슈 syu	스 seu	시 si
ㅇ －/ng	아 a	야 ya	어 eo	여 yeo	오 o	요 yo	우 u	유 yu	으 eu	이 i
ㅈ ch/j	자 cha	쟈 chya	저 cheo	져 chyeo	조 cho	죠 chyo	주 chu	쥬 chyu	즈 cheu	지 chi
ㅊ ch	차 cha	챠 chya	처 cheo	쳐 chyeo	초 cho	쵸 chyo	추 chu	츄 chyu	츠 cheu	치 chi
ㅋ k	카 ka	캬 kya	커 keo	켜 kyeo	코 ko	쿄 kyo	쿠 ku	큐 kyu	크 keu	키 ki
ㅌ t	타 ta	탸 tya	터 teo	텨 tyeo	토 to	툐 tyo	투 tu	튜 tyu	트 teu	티 ti
ㅍ p	파 pa	퍄 pya	퍼 peo	펴 pyeo	포 po	표 pyo	푸 pu	퓨 pyu	프 peu	피 pi
ㅎ h	하 ha	햐 hya	허 heo	혀 hyeo	호 ho	효 hyo	후 hu	휴 hyu	흐 heu	히 hi

收尾音（終音）跟發音的變化

一、收尾音（終音）

韓語的子音可以在字首，也可以在字尾，在字尾的時候叫收尾音，又叫終音。韓語 19 個子音當中，除了「ㄸ、ㅃ、ㅉ」之外，其他 16 種子音都可以成為收尾音。但實際只有 7 種發音，27 種形式。

1	ㄱ [k]	ㄱ ㅋ ㄲ ㄳ ㄺ
2	ㄴ [n]	ㄴ ㄵ ㄶ
3	ㄷ [t]	ㄷ ㅌ ㅅ ㅆ ㅈ ㅊ ㅎ
4	ㄹ [l]	ㄹ ㄼ ㄽ ㄾ ㅀ
5	ㅁ [m]	ㅁ ㄻ
6	ㅂ [p]	ㅂ ㅍ ㅄ ㄿ
7	ㅇ [ng]	ㅇ

1 ㄱ [k]：ㄱ ㅋ ㄲ ㄳ ㄺ

用後舌根頂住軟顎來收尾。像在發台語「學」的尾音。

- 마지막 [ma ji mak] 最後
- 곡식 [gok sik] 穀物

2 ㄴ [n]：ㄴ ㄵ ㄶ

用舌尖頂住齒齦，並發出鼻音來收尾。感覺像在發台語「安」的尾音。

- 반대 [pan dae] 反對
- 전신주 [jeon sin ju] 電線桿
- 안내 [an nae] 陪同遊覽

3　ㄷ [t]：ㄷ ㅌ ㅅ ㅆ ㅈ ㅊ ㅎ

用舌尖頂住齒齦，來收尾。像在發台語「日」的尾音。

- 샅 바　[sat pa]　(摔跤用的)腿繩
- 옷　[ot]　服
- 꽃　[kkot]　花

4　ㄹ [l]：ㄹ ㄺ ㄽ ㄾ ㅀ

用舌尖頂住齒齦，來收尾。像在發台語「兒」音。

- 마 을　[ma eul]　村落
- 쌀　[ssal]　米
- 발　[pal]　腳

5　ㅁ [m]：ㅁ ㄻ

緊閉雙唇，同時發出鼻音來收尾。像在發台語「甘」的尾音。

- 봄　[pom]　春天
- 이 름　[i reum]　名字
- 사 람　[sa ram]　人

6　ㅂ [p]：ㅂ ㅍ ㅄ ㄿ

緊閉雙唇，同時發出鼻音來收尾。像在發台語「葉」的尾音。

- 입　[ip]　嘴巴
- 잎　[ip]　葉子
- 값　[kap]　價錢

7　ㅇ [ng]：ㅇ

用舌根貼住軟顎，同時發出鼻音來收尾。感覺像在發台語「爽」的尾音。

- 사 랑　[sa rang]　愛情
- 강　[kang]　河川
- 유 령　[yu ryeong]　鬼，幽靈

二、發音的變化

韓語為了比較好發音等因素，會有發音上的變化。

1 硬音化

「ㄱ [k], ㄷ [t], ㅂ [P]」收尾的音，後一個字開頭是平音時，都要變成硬音。簡單說就是：

$$\begin{bmatrix} \ulcorner ㄱ, ㄷ, ㅂ \lrcorner + 平音 \ulcorner ㄱ, ㄷ, ㅂ, ㅅ, ㅈ \lrcorner \\ \rightarrow 硬音 \ulcorner ㄲ, ㄸ, ㅃ, ㅆ, ㅉ \lrcorner \end{bmatrix}。$$

正確表記	為了好發音	實際發音
학 교 [hak gyo]	→	학 꾜 [hak kkyo] 學校
식 당 [sik dang]	→	식 땅 [sik ttang] 食堂

2 激音化

「ㄱ [k], ㄷ [t], ㅂ [P], ㅈ [t]」收尾的音，後一個字開頭是「ㅎ」時，要發成激音「ㅋ, ㅌ, ㅍ, ㅊ」；相反地，「ㅎ」收尾的音，後一個字開頭是「ㄱ, ㄷ, ㅂ, ㅈ」時，也要發成激音「ㅋ, ㅌ, ㅍ, ㅊ」。簡單說就是：

$$\begin{bmatrix} ㄱ, ㄷ, ㅂ, ㅈ + ㅎ \rightarrow ㅋ, ㅌ, ㅍ, ㅊ \\ ㅎ + ㄱ, ㄷ, ㅂ, ㅈ \rightarrow ㅋ, ㅌ, ㅍ, ㅊ \end{bmatrix}$$

正確表記	為了好發音	實際發音
놓 다 [not da]	→	노 타 [no ta] 置放
좋 고 [jot go]	→	조 코 [jo ko] 經常
백 화 점 [paek hwa jeom]	→	배 콰 점 [pae kwa jeom] 百貨公司
잊 히 다 [it hi da]	→	이 치 다 [i chi da] 忘記

收尾音（終音）跟發音的變化

3 連音化

「ㅇ」有時候像麻薯一樣，只要收尾音的後一個字是「ㅇ」時，收尾音會被黏過去唸。但是「ㅇ」也不是很貪心，如果收尾音有兩個，就只有右邊的那一個會被移過去念。

正確表記		實際發音
단어 [tan eo]	→	다너 [ta neo] 單字
값이 [kaps i]	→	갑시 [kap si] 價格
서울이에요 [seo ul i e yo]	→	서우리에요 [seo u li e yo] 是首爾

(中間欄標題：為了好發音)

4 ㅎ音弱化

收尾音「ㄴ,ㄹ,ㅁ,ㅇ」，後一個字開頭是「ㅎ」音；還有，收尾音「ㅎ」，後一個字開頭是母音時，「ㅎ」的音會被弱化，幾乎不發音。簡單說就是：

$$\begin{bmatrix} ㄴ,ㄹ,ㅁ,ㅇ + ㅎ → ㄴ,ㄹ,ㅁ,ㅇ \\ ㅎ + ㅇ → ㅇ \end{bmatrix}$$

正確表記		實際發音
전화 [jeon hwa]	→	저놔 [jeo nwa] 電話
발효 [pal hyo]	→	바료 [pa ryo] 發酵
암호 [am ho]	→	아모 [a mo] 暗號
동화 [tong hwa]	→	동와 [tong wa] 童話
좋아요 [joh a yo]	→	조아요 [jo a yo] 好

(中間欄標題：為了好發音)

5 鼻音化（1）

「ㄱ[k]」收尾的音，後一個字開頭是「ㄴ,ㅁ」時，要發成「ㅇ」[ng]。

「ㄷ[t]」收尾的音，後一個字開頭是「ㄴ,ㅁ」時，要發成「ㄴ」[n]。

「ㅂ[P]」收尾的音，後一個字開頭是「ㄴ,ㅁ」時，要發成「ㅁ」[m]。

正確表記	為了好發音	實際發音
국 물 [guk mul]	→	궁 물 [gung mul] 肉湯
짓 는 [jit neun]	→	진 는 [jin neun] 建築
입 문 [ip mun]	→	임 문 [im mun] 入門

6 鼻音化（2）

「ㄱ[k], ㄷ[t], ㅂ[P]」收尾的音，後一個字開頭是「ㄹ」時，各要發成「k→ㅇ」「t→ㄴ」「p→ㅁ」。而「ㄹ」要發成「ㄴ」。簡單說就是：

$$\begin{bmatrix} ㄱ, ㄷ, ㅂ + ㄹ → ㅇ, ㄴ, ㅁ \\ ㄹ → ㄴ \end{bmatrix}$$

正確表記	為了好發音	實際發音
복 리 [bok ri]	→	봉 니 [bong ni] 福利
입 력 [ip ryeok]	→	임 녁 [im nyeok] 輸入
정류장 [cheong ru jang]	→	정 뉴 장 [cheong nyu jang] 公車站牌

7 流音化：ㄹ同化

「ㄴ」跟「ㄹ」相接時，全部都發成「ㄹ」音。簡單說就是：

$$\begin{bmatrix} ㄴ + ㄹ → ㄹ + ㄹ \\ ㄹ + ㄴ → ㄹ + ㄹ \end{bmatrix}$$

正確表記	為了好發音	實際發音
신 라 [sin la]	→	실라 [sil la] 新羅
실 내 [sil nae]	→	실 래 [sil lae] 室內

8 蓋音化

「ㄷ[t], ㅌ]t]」收尾的音，後一個字開頭是「이」時，各要發成「ㄷ→ㅈ」「ㅌ→ㅊ」。而「ㄷ[t]」收尾的音，後字為「히」時，要發成「ㅊ」。簡單說就是：

$$\begin{bmatrix} ㄷ+이 \to 지 \\ ㅌ+이 \to 치 \\ ㄷ+히 \to 치 \end{bmatrix}$$

正確表記	為了好發音	實際發音
같 이 [kat i]	→	가 치 [ka chi] 一起
해 돋 이 [hae dot i]	→	해 도 지 [hae do ji] 日出

9 ㄴ的添加音

韓語有時候也很曖昧，喜歡加一些音，那就叫做添加音。在合成詞中，以子音收尾的音，後一個字開頭是「야, 얘, 여, 예, 요, 유, 이」時，中間添加「ㄴ」音。另外，「ㄹ」收尾的音，後面接母音時，中間加「ㄹ」音。簡單說：

$$\begin{bmatrix} 子音+야,얘,여,예,요,유,이 \\ \to 子音+ㄴ+야,얘,여,예,요,유,이 \\ ㄹ+母音 \to ㄹ+ㄴ+母音 \end{bmatrix}$$

正確表記	為了好發音	實際發音
식 용 유 [sik yong yu]	→	시 공 뉴 [si gyong nyu] 食用油
한 국 요 리 [han guk yo ri]	→	한 궁 뇨 리 [han gung nyo ri] 韓國料理
알 약 [al yak]	→	알 럑 [al lyak] 錠劑

什麼叫合成詞？就是兩個以上的單字，組成另一個意思不同的單字啦！例如：韓國+料理→韓國料理。

- 附錄 -
生活必備單字

▶ 附錄：生活必備單字

1. 打招呼一下 (T42)

早安！
안녕!
an.nyeong

請好好休息！
편히 쉬세요.
pyeon.hi.swi.se.yo

早安！你好！
안녕하세요?
an.nyeong.ha.se.yo

好久不見了！
오랜만이구나.
o.raen.ma.ni.gu.na

晚安！
안녕히 주무세요.
an.nyeong.hi.ju.mu.se.yo

您最近可好！
건강하세요?
geon.gang.ha.se.yo

2. 道別 (T43)

再見！慢走！（對離開的人）
안녕히 가세요.
an.nyeong.hi.ga.se.yo

多保重！
건강하세요.
geon.gang.ha.se.yo

（明天）再見！
(내일) 또 봐요.
(nae.ir).tto.bwa.yo

再聯繫。
연락할게.
yeon.ra.kal.gge

有機會再見面吧！
또 만납시다.
tto.man.nap.si.da

附錄：生活必備單字

T44 3. 回答

是。
네./예.
ne / ye

不是。
아뇨./아니요.
a.nyo / a.ni.yo

是的。
네,그렇습니다.
ne,geu.reot.seum.ni.da

我知道了。
알겠어요.
al.ge.sseo.yo

我不知道。
모르겠어요.
mo.reu.ge.sseo.yo

那麼，拜託你了。
네,부탁해요.
ne,bu.ta.kae.yo

不，不用了！
아니요,됐어요.
a.ni.yo,dwae.sseo.yo

T45 4. 道謝

謝謝！
고마워요.
go.ma.wo.yo

非常感謝！
감사합니다.
gam.sa.ham.ni.da

我很開心！
기뻐요.
gi.ppeo.yo

我很高興！
즐거워요.
jeul.geo.wo.yo

您辛苦啦！
수고하셨어요.
su.go.ha.syeo.sseo.yo

103

5. 道歉

對不起。
미안해요.
mi.an.hae.yo

給你添麻煩了。
폐를 많이 끼쳤습니다.
pye.reur.ma.ni.kki.chyeot.seum.ni.da

請原諒我。
용서해 주세요.
yong.seo.hae.ju.se.yo

失敬了。
실례 했습니다.
sil.lye.haet.seum.ni.da

非常抱歉。
죄송합니다.
joe.song.ham.ni.da

沒關係的。
괜찮아요.
gwaen.cha.na.yo

6. 請問一下

請問一下。
뭐 좀 물어봐도 돼요?
mwo.jom.mu.reo.bwa.do.dwae.yo

現在幾點呢？
지금 몇시예요?
ji.geum.myeot.si.ye.yo

嗯，有什麼事嗎！
네, 말씀하세요.
ne,mal.sseum.ha.se.yo

車站在哪裡？
역은 어디예요?
yeo.geun.eo.di.ye.yo

這是什麼？
이것이 뭐예요?
i.geo.si.mwo.ye.yo

吃過飯了嗎？
밥 먹었어요?
bam.meo.geo.sseo.yo

7. 感情的說法

我很喜歡！
좋아해요！
jo.a.hae.yo

我很快樂！
즐거워요！
jeul.geo.wo.yo

太好了！
다행이네요.
da.haeng.i.ne.yo

我很開心！
기뻐요.
gi.ppeo.yo

我很幸福！
행복해요！
haeng.bo.kae.yo

好有趣喔！
재미있네요！
jae.mi.in.ne.yo

心情真好！
기분이 좋아요.
gi.bu.ni.jo.a.yo

非常感動！
감동했어요！
gam.dong.hae.sseo.yo

太棒啦！
최고예요！
choe.go.ye.yo

真了不起！
훌륭하네요！
hul.lyung.ha.ne.yo

太不可思議啦！
신기해요.
sin.gi.hae.yo

很吃驚！
놀랐어요！
nol.la.sseo.yo

嚇我一大跳！
깜짝 놀랐어요！
kkam.jjang.nol.la.sseo.yo

真不敢相信！
믿을 수 없어요！
mid.eur.su.eop.seo.yo

不會是真的吧？
말도 안 되요.
mal.do.an.doe.yo

我很生氣！
화가 났어요！
hwa.ga.na.sseo.yo

太可惜了！
억울해요.
eo.gul.hae.yo

太恐怖了！
무서워요.
mu.seo.wo.yo

真討厭！	真沒意思！
싫어해요！	재미없어요.
si.reo.hae.yo	jae.mi.eop.seo.yo

我不舒服。	還可以！
기분이 나빠요.	그저 그래요.
gi.bu.ni.na.ppa.yo	geu.jeo.geu.rae.yo

真不痛快！	我心裡沒底！
답답해요.	불안해요.
dap.dda.pae.yo	bu.ran.hae.yo

我很悲傷！	我很痛苦！
슬퍼요.	괴로워요.
seul.peo.yo	goe.ro.wo.yo

我感到寂寞。	怎樣辦？
외로워요.	어떡하지！
oe.ro.wo.yo	eo.tteo.ka.ji

T49　8. 韓國料理

韓國泡菜	人參雞湯
김치	삼계탕
gim.chi	sam.ge.tang

湯飯	韓式純豆腐
국밥	순두부
guk.bbap	sun.du.bu

烤三層肉	燒烤雞肉蔬菜料理
삼겹살	닭갈비
sam.gyeop.sal	dalk.ggal.bi

附錄：生活必備單字

韓國火鍋
찌개
jji.gae

棒狀年糕
떡볶이
tteok.bbo.kki

韓國BB拌飯
비빔밥
bi.bim.bbap

（烤）石鍋拌飯
돌솥비빔밥
dol.sot.bi.bim.bbap

韓國燒烤
불고기
bul.go.gi

生牛肉料理
육회
yu.koe

冷麵
냉면
naeng.myeon

海苔
김
gim

麵疙瘩湯
수제비
su.je.bi

鍋巴
누룽지
nu.rung.ji

燉煮整隻雞的火鍋
닭한마리
da.kan.ma.ri

烤魚
생선구이
saeng.seon.gu.i

裙帶菜湯
미역국
mi.yeok.gguk

辣味香腸
부대찌개
bu.dae.jji.gae

黃瓜韓國泡菜
오이김치
o.i.gim.chi

豆芽菜
콩나물
kong.na.mul

烤肉串
꼬치구이
kko.chi.gu.i

韓式套餐
한정식
han.jeong.sik

韓國菜
한국요리
han.guk.yo.ri

107

TT=撐傘擁抱，相偎成雙，看畫面就懂！

3秒韓語·心動Get！
圖解 40音

諧音、手寫、戀愛
比追劇還過癮！閱讀韓文歌詞輕鬆Get！

山田社

【韓語輕入門 02】　（18K+QR Code 線上音檔）

■發行人
　林德勝

■著者
　金龍範、林賢敬

■出版發行
　山田社文化事業有限公司
　地址　106 臺北市大安區安和路一段112巷17號7樓
　電話　02-2755-7622
　傳真　02-2700-1887

■郵政劃撥
　19867160號　　大原文化事業有限公司

■英日語學習網／https://www.stsdaybooks.com/

■總經銷
　聯合發行股份有限公司
　地址　新北市新店區寶橋路235巷6弄6號2樓
　電話　02-2917-8022
　傳真　02-2915-6275

■印刷
　鴻友印前數位整合股份有限公司

■法律顧問
　林長振法律事務所　林長振律師

■出版日
　2025年8月 初版

■定價　書+QR碼
　新台幣249元

ISBN 978-986-246-907-1
© 2025, Shan Tian She Culture Co., Ltd.
著作權所有・翻印必究
如有破損或缺頁，請寄回本公司更換

STS

STS